初唐

送别詩研究

王　莉◎著

四川大學出版社
SICHUAN UNIVERSITY PRESS

U0456613

圖書在版編目（CIP）數據

初唐送別詩研究 / 王莉著. — 2版. — 成都 : 四川大學出版社，2022.8

ISBN 978-7-5690-4165-1

Ⅰ. ①初… Ⅱ. ①王… Ⅲ. ①唐詩—詩歌研究 Ⅳ. ①I207.227.42

中國版本圖書館CIP數據核字（2021）第007908號

書　　名：初唐送別詩研究
　　　　　Chutang Songbieshi Yanjiu
著　　者：王　莉

選題策劃：陳　蓉
責任編輯：陳　蓉
責任校對：毛張琳
裝幀設計：墨創文化
責任印製：王　煒

出版發行：四川大學出版社有限責任公司
　　　　　地址：成都市一環路南一段24號（610065）
　　　　　電話：（028）85408311（發行部）、85400276（總編室）
　　　　　電子郵箱：scupress@vip.163.com
　　　　　网址：https://press.scu.edu.cn
印前製作：四川勝翔數碼印務設計有限公司
印刷裝訂：成都新恒川印務有限公司

成品尺寸：148mm×210mm
印　　張：6.25
插　　頁：1
字　　數：187千字

版　　次：2017年4月 第1版
　　　　　2022年8月 第2版
印　　次：2022年8月 第1次印刷
定　　價：46.00圓

四川大學出版社
微信公衆號

本社圖書如有印裝質量問題，請聯繫發行部調換

版權所有 ◆ 侵權必究

體身份、入京洛動因及創作風格等角度，具體對初唐送别詩中行人入京洛的詩作進行整理和分析。第三節則從分析初唐送别詩中文士入地方的動因入手，歸納出初唐送别詩中文士入地方動因的兩大特點。由于部分送别詩着力描繪行人征途、所至地自然風光、風土習俗等，因此，文章接下來便考述初唐送别詩中送文士入地方詩作的地域文化色彩。

第二章，深入探析了不同類型送别組詩的創作規範和審美標準。同時，由于初唐詩人創作送别組詩僅是極個别的現象，其詩作數量也相當有限，故本章重點挖掘了由多人合作的送别組詩的體裁和章法結構特徵及其内涵。

第三章，首先在對初唐送别詩的詩題進行分類歸納的基礎上論述了初唐送别詩的不同題式的創作情況，並對不同題式的創作旨意和審美内涵進行了闡釋。繼而，文章進一步以初唐送别詩文本爲基礎，對詩中被送對象遠行動因進行量化分析，試圖從創作群體、意象選擇、情感表現、審美心態等方面梳理初唐送别詩的藝術特質。

前　言

關于唐代送別詩的研究可以説是面面俱到，從唐代送別詩的内在文學質素探討到從文化學、社會學、心理學、比較研究等外在研究視角切入，深入透徹，相關論著亦十分豐富，其中不乏學術價值極高的作品。但是，針對唐代送別詩的斷代研究，以往學者往往選擇盛唐、中晚唐送別詩作爲研究對象，而忽略了初唐送別詩。同時，從現有的唐代送別詩選集和研究論文來看，對于初唐送別詩的創作群體和創作數量的研究，大多停留在大概估計的層面上，缺乏準確的量化分析。有鑒于此，本書基于對初唐送別詩的相關數據統計，對初唐送別詩的藝術特質進行系統性、深入性的探析，對初唐送別詩中的地域信息及其中的組詩現象加以多角度的闡釋。

本書由緒論、正文、結語、附録四個部分組成，其中正文分三章。緒論部分，首先着重對文中的初唐送別詩範疇進行界定，繼而對近年來唐代送別詩的研究成果進行回顧，在梳理現有送別詩研究成果的基礎上，揭示初唐送別詩研究衆多有待開掘的領域和視角。

第一章，首先從初唐送別詩的地域分佈統計數據入手，概述初唐送別詩中行人移動的時空分佈規律和特點。接下來，簡單介紹唐代地域結構與地域文化，總結出初唐送別詩創作數量的地域分佈規律。根據“初唐送別詩統計表”中的地域信息，京洛爲初唐送別詩中行人分佈最集中的地點，故而第二節主要從入京洛群

目　錄

緒　論

一、初唐送别詩的範疇與選題意義

學術界普遍認爲，廣義上的送别詩包括送别詩和留别詩兩類。正如鄭納新先生在《送别詩略論》中所説："關于送别詩，有的選家認爲只有送别親友遠行的詩作才是送别詩，有的則將留别的詩作也包括進來。其實，既然有送别，就自然有送者寫詩贈别，行者留詩致意，遣抒的都是别離之情。這是一個事件的兩個方面，倘是割裂開來，很多有意義的東西就不能相互參照發明了，很多有質的共性的東西也不能得到整合分析。因此，無論'送'詩也好，'别'詩也好，都應視作送别詩。此外，還有一種以送别之題來抒寫胸臆或進行純粹藝術創作的詩，數量不多，亦應歸入此類。"[①] 本書所述送别詩的範疇，大約準此。

從現有的送别詩選集來看，趙炳耀《歷代送别懷遠詩歌選》（北京出版社，1990 年）和張學文主編的《歷代送别詩選》（貴州人民出版社，1991 年）是相對全面的送别詩歌選集。同時，近年來亦出現了諸多唐代送别詩選本，如張學文《唐代送别詩名篇譯賞》（重慶出版社，1988 年），陳世忠《唐代送别詩新注》（河北教育出版社，1993 年），白曉朗、黃林妹評注《離别在今宵——唐人送别詩 100 篇》（旅遊教育出版社，1991 年）等。但

① 鄭納新：《送别詩略論》，《學術論壇》1997 年第 3 期。

是，就現有的唐代送别詩選集和研究論文來看，對于初唐送别詩的創作群體和創作數量的研究，大多停留在大概估計的層面上，缺乏準確的量化分析。有鑒于此，本書基于“迄今爲止古典詩歌總集中篇幅最大、影響最廣的”[①]《全唐詩》[②]，建立初唐送别詩質素的數據庫，以期填補初唐送别詩整體性和系統性數據庫的空白。筆者通過翻檢《全唐詩》，檢得初唐送别詩共計 259 首，其中 7 首重出。筆者希望能在對初唐送别詩較爲全面的量化分析的基礎上，對初唐送别詩進行更深入的挖掘。對《全唐詩》中初唐送别詩的輯録，筆者須作以下兩點説明。

（一）初唐送别詩中“初唐”的時間範疇

唐詩研究者往往根據唐詩在不同歷史時期呈現的不同藝術風貌，將唐詩的發展分爲初唐、盛唐、中唐、晚唐四個時期。本書所研究的初唐送别詩中的“初唐”，從時間上來説，起自公元 627 年，止于公元 713 年，大體上是指太宗貞觀元年至玄宗開元元年。但是，某些生活在初唐的詩人，亦有創作于隋代或盛唐的送别詩。基于此，本書處理方法爲：(1) 對于生活年代跨越初盛唐的詩人之作品，若據别集編年集注及《唐五代文學編年史》[③]等資料證明其確爲盛唐所寫之詩歌，則此處不予輯録；其作品創作年代不確定且從詩歌内容亦無法判斷者，則此處予以輯録。(2) 對于出生在初唐而主要生活在盛唐之詩人，若以開元元年爲界大約不過弱冠之年歲者，此處則不予輯録。(3)《全唐詩》所録隋唐之際作者在隋代所作詩，則參考陳尚君《〈全唐詩〉誤收詩考》一文中“隋唐之際作者在隋代所作詩”部分（收入傅傑編

---

① 彭定求等編纂，中華書局編輯部點校：《全唐詩》“增訂重印本前言”，北京：中華書局，1999 年，第 2 頁。

② 本書凡引用《全唐詩》，其版本皆爲《全唐詩》增訂重印本（中華書局編輯部點校，北京：中華書局，1999 年）。

③ 陶敏，傅璇琮：《唐五代文學編年史》，瀋陽：遼海出版社，1998 年。

《20世紀中國文史考據文錄》下册，雲南人民出版社，2001年，第1998～2002頁）之考證，且在表中不予收錄。玆錄這部分作品名目如下：褚亮《奉和禁苑餞别應令》（卷三二），“送劉散員”同題詩：劉孝孫《送劉散員同賦陳思王詩遊人久不歸》（卷三三）、《賦得春鶯送友人》（卷三三）（按，陳尚君以《賦得春鶯送友人》歸賀朝清同送劉散員詩）、楊濬《送劉散員賦得陳思王詩明月照高樓》（卷三三）、許敬宗《送劉散員同賦得陳思王詩山樹郁蒼蒼》（卷三五）、劉斌《送劉散員同賦陳思王詩得好鳥鳴高枝》（卷七三三）、孔紹安《别徐永元秀才》（卷三八）、庾抱《别蔡參軍》（卷三九）。（4）經後世學者考訂，《全唐詩》中重出詩，則依《全唐詩》所錄但出注加以説明之。對于《全唐詩》中的誤收詩，則依佟培基《全唐詩重出誤收考》[①]、陶敏《全唐詩人名考證》[②] 以及後世學者的研究成果，學界已公認爲誤收詩者，則不予輯錄。

（二）初唐送别詩的選錄標準

一是詩題中有“送”“别”“餞”字樣且詞性爲動詞者；若其詩題在《全唐詩》中無“送”“别”“餞”字樣，但在其他文獻典籍中其標題有以上三字且詞性爲動詞者則亦輯錄之，並在表格中加以説明。二是從詩歌題注部分可以確定爲送别詩者。三是從唱和之作中得知爲送别詩者。因僅從詩題無法確定其送别詩者，已在“初唐送别詩統計表”（見附錄一）中作了詳細説明，故而此處就不再舉例説明。

與此同時，就唐代的送别詩研究來説，以往學者大多把研究視野鎖定在通論唐代送别詩、盛唐送别詩以及單個作家的送别詩上，而較少關註到初唐送别詩。有鑒于此，筆者在梳理現有送别

① 佟培基：《全唐詩重出誤收考》，西安：陝西人民教育出版社，1996年。
② 陶敏：《全唐詩人名考證》，西安：陝西人民教育出版社，1996年。

詩研究成果的基礎上，不僅對初唐送别詩進行了準確的量化整合，而且將文學社會學批評傳統、文化學的背景分析傳統、統計學等方法引入初唐送别詩的研究，用新的方法、新的視角觀照初唐送别詩。筆者希望藉此能最終對初唐送别詩中的重要文學現象和文學問題作出理論性的分析和歸納，從而進一步了解初唐的社會生活、士人的生活情狀。

二、初唐送别詩的研究現狀、内容及思路

目前，學界對于唐代送别詩的研究可謂蔚爲大觀。無論是唐代送别詩的整體風貌、藝術特色、思想内涵、情感差異、風格特徵，還是審美追求、意象分析、結撰模式、題式特徵，或是發生學研究、興盛原因析論、交際功能研究、分類研究、比較研究，相關論著亦十分豐富，但大多以盛唐、中晚唐送别詩作爲研究對象，而忽略了初唐送别詩。同時，初唐送别詩的研究著述不僅很少，而且多着眼于宋之問、沈佺期、王勃、陳子昂等幾位重要作家。故而，本書的文獻綜述擬分爲以下兩個部分：唐代送别詩通論（涉及初唐送别詩者）、初唐送别詩研究。

（一）唐代送别詩（涉及初唐送别詩者）研究通論

唐代送别詩作爲唐代友情詩的一個重要門類，在《全唐詩》中幾乎佔了十分之三四。送别詩不僅數量龐大，而且其藝術成就卓著，無論是在聲律、音韻、辭藻方面，還是在意境、情韻等方面，都有其獨領風騷、無可替代的地位。因此之故，除了衆多的唐代送别詩選本，諸多探討唐詩、唐史的著作皆有專節甚或專章來論述唐代送别詩的相關問題。如李德輝《唐宋時期館驛制度及其與文學之關係研究》第四章“唐宋館驛與文學”（下）第二節“館驛與送别詩”，探討了“館驛作爲文學形象及作品意境構成要

素對于送别詩創作的意義"[1]，認爲唐宋館驛的普及與制度的完善對唐宋送别詩的繁盛有着不容忽視的作用。同時，李德輝《唐代交通與文學》第五章第四節"唐人送别詩研究"，"從唐代文化背景來考察這些作品、研究唐人對送别題材的不同處理方式，及其不同的藝術表現，發掘其獨特審美文化價值"[2]。尚永亮《唐五代逐臣與貶謫文學研究》第六編"唐五代逐臣别詩研究"，不僅着重探討了逐臣别詩的基本情形及其回歸情節，深入分析了逐臣别詩的藝術表現及傳播方式與傳播目的，對其背後的社會文化原因亦作出了深層次的尋討[3]。張浩遜《唐詩分類研究》第六章"唐代的送别詩"，則主要對唐代送别詩進行了多角度的挖掘，分别如下：送别詩的建構方式；送别詩的主要類别；送别詩的體裁："××歌送××：一種特殊體式的送别詩（以岑參詩爲中心）"；送别詩的意象："柳酒水山月"五大意象[4]。

通觀唐代送别詩的論文，主要包括以下兩個方面的研究：

1. 對唐代送别詩内在文學質素的探析

其一，發生、發展原因探析。如葉當前認爲"重土輕離是送别詩産生的重要原因"，是"離别詩送别詩發生的必要條件"，而"人類對于送别意識的覺醒並且事實上存在各種各樣的離别，才有可能發生送别詩"[5]。鄭納新認爲，中國的送别詩傳統"與中國的文化傳承、地理條件以及政治經濟生活的特點有着密切的關

① 李德輝：《唐宋館驛與文學》，上海：中西書局，2019 年，第 245 頁。

② 李德輝：《唐代交通與文學》，長沙：湖南人民出版社，2003 年，第 243 頁。

③ 尚永亮：《唐五代逐臣與貶謫文學研究》，武漢：武漢大學出版社，2007 年，第 497～541 頁。

④ 張浩遜：《唐詩分類研究》，南京：江蘇教育出版社，1999 年，第 122～145 頁。

⑤ 葉當前：《中國古典送别詩的發生學研究》，《上海師範大學學報》（哲學社會科學版）2010 年第 2 期。

係”[1]。姜瑞蓮從唐代的用人制度切入，從科舉制、軍功授予制和薦引制三方面作了具體分析[2]。蔡星燦則在前人研究的基礎上，較爲全面地指出了送别詩的發生、發展原因：頻繁的離别是唐代送别詩繁榮的基礎；唐代用人制度的改革是唐代送别詩興盛的直接原因；唐代統治階層對詩歌的重視則在一定程度上促成了送别詩的繁榮[3]。

其二，藝術特質研究。如許智銀《唐代送别詩的題式》一文對唐代送别詩藝術特質進行了多角度切入，將唐代送别詩的題式主要劃歸成“送别”“留别”“贈别”“奉和”“賦得”“聯句”“兼寄”“不及”八類，並且對每一題式的特定内容與思想感情皆作了詳細、精審的論述[4]；而其《唐代送别詩的修辭意象芻論》[《河南理工大學學報》(社會科學版) 2008 年第 4 期]、《唐代送别詩的飛禽意象》［《西北民族大學學報》(哲學社會科學版) 2009 年第 3 期]、《唐代送别詩的自然意象》(《貴州社會科學》2009 年第 4 期)、《唐代送别詩的意象組合》［《河南科技大學學報》(社會科學版) 2009 年第 2 期]、《唐代送别詩的原型意象》［《河南師範大學學報》(哲學社會科學版) 2010 年第 3 期］等論文，不僅對唐代送别詩中的意象進行了深入的分類探析，而且還從“空間地點意象組合”和“時令物候意象組合”兩個維度入手，深入分析了意象組合對唐代送别詩藝術特色的影響[5]；同

---

① 鄭納新：《送别詩略論》，《學術論壇》1997 年第 3 期。

② 姜瑞蓮：《唐代用人制度的改革與送别詩的興盛》，《海南廣播電視大學學報》2002 年第 3 期。

③ 蔡星燦：《論唐代離别詩的繁榮》，《井岡山學院學報》（哲學社會科學版）2009 年第 4 期。

④ 許智銀：《唐代送别詩的題式》，《山西師大學報》（社會科學版）2007 年第 1 期。

⑤ 許智銀：《唐代送别詩的意象組合》，《河南科技大學學報》（社會科學版）2009 年第 2 期。

時，他還對唐代送別詩的開端模式與結尾模式作了深入、系統的研究[①]。其他，如張明非《論唐人送別詩的審美意象》(《廣西師範大學學報》1987 年第 4 期)、程郁綴《古代送別詩中主要意象小議》(《名作欣賞》2003 年第 4 期)、劉榮俊《唐代送別詩的特點與魅力》[《文學教育（下）》2008 年第 2 期]、趙莉《送別詩的交際功能及其模式化創作——以初盛唐爲中心》（西北師範大學碩士學位論文，2010 年）等論文，則針對唐代送別詩的思想特色、美學特質、意象選擇、創作模式、情感特徵方面的特質，進行了深入、系統的整理和分析。

2. 對唐代送別詩進行的外圍研究

近年來，諸多學者從傳播學、文化社會學批評傳統、心理學等研究方法與視角入手，爲唐代送別詩的研究提供了新的研究視野。如戴偉華《唐代方鎮使府與文人送別詩》試圖對送別詩進行傳播視角的切入：他從送別詩的傳播過程角度分析了唐代方鎮使府送別詩的特點和功能，並釐清了藉由傳播過程分析送別詩所產生的意義[②]。而魏攀《淺論唐代邊塞送別詩的美學特徵》、許智銀《唐人送別詩中的吐蕃》、鍾乃元《唐代廣西送別詩初探》、孔祥俊《唐長安送別詩與灞柳文化》等論文，則主要借用了社會歷史批評的相關研究視角，挖掘了某一地域文化下送別詩的風格特徵。其中，魏攀立足于唐代的時代背景，認爲唐代邊塞的生態環境爲唐代邊塞詩增添了時代内容，使得其文化環境下的送別詩呈現出三點美學特徵：“雄闊激昂的氣勢、瑰麗華美的詞采、剛健

① 見許智銀：《唐代送別詩結尾模式綜論》，《中州學刊》2007 年第 4 期；與《唐代送別詩開端的詩意》，《寧夏社會科學》2009 年第 5 期。

② 戴偉華：《唐代方鎮使府與文人送別詩》，《揚州大學學報》（人文社會科學版）1998 年第 2 期。

明朗的風格。”[①] 許智銀便以景龍三年（709）朝臣應制送金城公主和番的唱和詩爲中心，尋繹了和親詩背後的時代文化内容，解析了“漢族士人的和番情節”與“唐朝和吐蕃之間使節往來和親的情況”[②]。同時，作者在排比這些詩歌時，還總結出了唐代送别使節和西番詩的三個鮮明特點。鍾乃元則基于對唐代廣西送别詩的内容和形式，探討了唐代廣西送别詩中的地域文化色彩，並指出：“送别詩中的地域文化色彩與唐人的記錄意識有關。”[③] 孔祥俊的碩士學位論文則從灞柳送别詩入手，闡釋了送别詩與灞柳文化之間的關係，探討了灞柳文化對長安的影響[④]。

（二）初唐送别詩研究

就現有學術專著來看，設專章或專節來討論初唐送别詩的則寥寥無幾，故本書擬僅試舉一二。宇文所安在其《初唐詩》第十九章“其他應景題材”中，曾對初唐送别詩的地位做過這樣的論斷：“唐代送别詩的基本特點，正形成于初唐”，“後來唐代送别詩的許多慣例發展于 680 至 710 的三十年間”[⑤]。徐文茂《陳子昂論考》的“試論陳子昂的酬别詩”部分，對陳子昂送别詩的内容與藝術特徵及其文學地位，皆進行了鞭辟入裡、獨到精審的論述[⑥]。

專論初唐送别詩的論文相對較少。對初唐送别詩進行整體把握的，如王慧敏《初唐送别詩的詩史地位》，則對初唐送别詩的地位和意義作了進一步的論析和説明，認爲“初唐送别詩雖不能

① 魏攀：《淺論唐代邊塞送别詩的美學特徵》，《安徽文學》（下半月）2008 年第 7 期。

② 許智銀：《唐人送别詩中的吐蕃》，《黑龍江民族叢刊》2009 年第 4 期。

③ 鍾乃元：《唐代廣西送别詩初探》，《廣西社會科學》2009 年第 5 期。

④ 孔祥俊：《唐長安送别詩與灞柳文化》，西北大學碩士學位論文，2010 年。

⑤ 宇文所安：《初唐詩》，賈晉華譯，北京：生活・讀書・新知三聯書店，2004 年。

⑥ 徐文茂：《陳子昂論考》，上海：上海古籍出版社，2002 年。

與既獨標個人風采，又表現出和諧統一特徵的盛唐送别詩相媲美，但若從文學的發展演變過程觀之，初唐送别詩不僅在送别傳統中具有承先啟後的作用和地位，而且因其個人性情的抒發爲主要文體特徵，也大大促進了‘性情’和‘聲色’相統一的詩國高潮的到來”[①]。而李寶霞《初唐祖餞活動與别情詩考論》一文，則“主要探討初唐祖餞活動的具體情形，别情詩整體特點以及祖餞活動對别情詩的影響”[②]。該文不僅對初唐不同歷史分期下送别詩的藝術特色進行了考據式的整合，而且還創作性地從祖餞角度切入送别詩的研究。這些研究皆有助于我們進一步了解、研究初唐送别詩的發展脈絡與藝術風貌。

對初唐送别詩的個案研究，如吕雙偉《論盧照鄰詩文創作的騷怨精神》（《雲夢學刊》2002年第5期），許智銀《沈佺期宋之問送别詩研究》（《平頂山學院學報》2006年第4期），周睿《張説研究》（四川大學博士學位論文，2007年），楊曉彩《王勃送别詩初探》（《名作賞析》2008年第4期），阮怡的《論陳子昂送别詩之風格》（《語文學刊》2009年第17期）、《試探陳子昂的送别詩》（《文史雜誌》2010年第2期）等。

綜上所述，雖然學術界對唐代送别詩的研究如火如荼，但是諸多論述只是基于對唐代送别詩創作狀況的大致把握而作出的籠統論述。而其中僅有的一些斷代研究，也主要是集中于對盛唐、中晚唐時期的送别詩的觀照。與此同時，初唐送别詩研究數量有限，且整體性研究較少，主要集中在對“初唐四傑”“沈宋”以及陳子昂等一流詩人詩作的研究上。這就説明，初唐送别詩研究還有衆多有待開掘的領域和視角。有鑒于此，本書基于對初唐送

---

① 王慧敏：《初唐送别詩的詩史意義》，《江蘇教育學院學報》（社會科學版）2010年第7期。

② 李寶霞：《初唐祖餞活動與别情詩考論》，青島大學碩士學位論文，2013年。

別詩的相關數據統計，對初唐送別詩的藝術特質進行系統、深入的探析，對初唐送別詩中的地域信息及其中的組詩現象加以多角度的闡釋。具體而言：首先，由于初唐送別詩的詩題和詩歌内容大多表明或暗示了創作地點與行人所至地點，因此本書從初唐送別詩的地域分佈統計數據入手，尋繹出初唐送別詩中行人移動時空的分佈規律及其内涵。其次，筆者在翻檢《全唐詩》中的初唐送別詩時，發現初唐送別詩中的組詩數量相當可觀，幾乎佔了初唐送別詩的一半，是初唐送別詩中不可迴避的現象。故而，筆者從對初唐送別組詩的分類探討入手，深入研究了不同類型送別組詩的創作規範和審美標準。最後，對初唐送別詩的地域考述和對初唐送別詩中組詩現象的探討，皆只是針對初唐送別詩某一文學現象的把握，故而本書最後便着重對初唐送別詩的藝術特質展開了系統、深入的探析。

第一章　初唐送别詩地域考述

關于唐代文化區域的劃分，大略説來，有南方和北方兩大文化區域。但在唐代具體的地域文化分區上，各家將之與自身的研究對象相關聯，故往往各持己見、各説不一。如有人將其分爲三大文化區域，即關中、山東、江南。還有人將唐代分爲五大文化區域，即巴蜀、嶺南、吴楚、關東、關西。張偉然《唐人心目中的文化區域及地理意象》一文則站在唐人的角度，力求真實地反映唐代人感覺中的文化區域，對唐代文化區域的研究並非簡單地以文化特徵的空間分佈爲劃分標準，而是以唐人對區域的體認爲判斷依據，並在將唐代的空間分佈範圍分爲邊疆和内部區域分而論之的情况下，將唐代内部區域細分爲關中、河東、河北（山東之一）、河南（山東之二）、巴蜀、荆湘、江淮七大文化區域[①]。本書即大體以此爲準，將初唐送别詩的地域主要分爲邊疆兩大文化區域和内部七大文化區域來加以考述。同時，兼顧初唐送别詩中的邊疆地域主要爲唐朝的南部邊疆嶺南和北部邊疆的實際情况，以及初唐送别詩中行人目的地亦有至外番的現象，擬具體分關中、河東、河北（山東之一）、河南（山東之二）、巴蜀、荆湘、江淮、嶺南、北部邊塞、外番十大文化區域來探析初唐送别詩的地域分佈格局。

---

① 張偉然：《唐人心目中的文化區域及地理意象》，見李孝聰主編：《唐代地域結構與運作空間》，上海：上海辭書出版社，2003 年，第 307～412 頁。

第一節　初唐送别詩的地域分佈格局

一、初唐送别詩地域結構概述

對初唐送别詩的地域考述分爲兩個方面，一是送别地考述，二是行人目的地考述。初唐送别詩的詩題和詩歌内容大多表明或暗示了創作地點與行人所至地點，因而對初唐送别詩的地域考述具有可操作性。具體而言，本書對初唐送别詩創作地點與詩中行人至所的統計主要有三個出發點：其一，初唐送别詩在製題上，通常的格式是“送××之（歸、還、赴、入、使、遊、適、任）××地（官職、郡望）”與“××地送别”兩種模式，這些詩題直觀反映了初唐送别詩的地域。其二，初唐送别詩在製題上通常也會連帶交代餞行對象的身份、餞行原因，並且一一寫明行人的郡望、官職、行第等，因而，即便詩題没有明確揭示地域信息，我們將詩題的這些附加信息與其他背景材料相參照，亦能對行人所至地點進行考訂。其三，初唐送别詩一般都會對分别地、經行地、目的地風物及人文作一番描述，這些特定地域文化意象亦可反映地域信息。基于此，通過對《全唐詩》中250首初唐送别詩的地域考察（詳見附録部分“初唐送别詩統計表”），檢得創作地點明確的共有179首111人次，行人至所明確的共197首132人次。那麽，初唐送别詩中的送别地點和目的地主要分佈在唐代的哪些地域，其分佈又有怎樣的規律和特定内涵呢？兹將初唐送别詩中地域信息詳列于下：

表 1—1　初唐送别詩的地域結構

	送别地（人次）	所佔比例（%）	目的地（人次）	所佔比例（%）	總計（人次）	所佔比例（%）
關中	47	42.34	22	16.67	69	28.40
河南（山東之二）	21	18.92	27	20.45	48	19.75
巴蜀	18	16.22	21	15.91	39	16.05
江淮	7	6.31	16	12.12	23	9.47
北部邊塞	2	1.80	17	12.88	19	7.82
嶺南	9	8.11	7	5.30	16	6.58
荆湘	4	3.60	9	6.82	13	5.35
外番	0	0.00	7	5.30	7	2.88
河北（山東之一）	2	1.80	2	1.52	4	1.65
河東	1	0.90	4	3.03	5	2.06

據表 1—1 可知，初唐送别詩中行人往來于關中的數量佔絶對優勢地位，河南（山東之二）和巴蜀分别排在第二、第三位，分别爲 48 人次和 39 人次。關中、河南（山東之二）、巴蜀三地爲初唐送别詩中行人往來最多的三地。單從創作地點來看，關中的詩作數量亦佔絶對優勢；河南（山東之二）和巴蜀分别排在第二、第三位，分别爲 21 人次和 18 人次，兩地僅僅相差 3 人次。由此可見，初唐送别詩的創作地點主要集中在關中、河南（山東之二）、巴蜀三地。其他地域如嶺南、江淮、荆湘、北部邊塞、河北（山東之一）、河東六大文化區域的初唐送别詩創作則相對零星有限。又，從初唐送别詩中行人目的地來講，居于前三位的爲河南（山東之二）、關中、巴蜀三地，分别爲 27 人次、22 人次、21 人次。河南（山東之二）、關中、巴蜀三地亦是初唐送别

詩中行人目的地最密集的地區。同時，北部邊塞以 17 人次，江淮以 16 人次亦可稱得上行人常至之所，成爲初唐送別詩中行人目的地的次一級地區。而初唐送別詩中至嶺南、荆湘、河北（山東之一）、河東、外番五大文化區域的行迹則相對稀疏。

二、初唐送別詩創作數量的地域分佈

初唐送別詩的這一地域分佈規律和特點又有什麼特定内涵呢？下面，筆者就從簡單介紹本書唐代地域分區範圍入手[①]，結合某地域的送別詩創作數據統計，以對初唐送別詩的地域分佈有個整體的了解。

（一）關中

關中在唐代的地域範圍，東起崤山、函谷關，西迄隴山，南界秦嶺，北抵黄河，以現在的區域劃分來講，爲陝西省秦嶺以北地區及甘肅、寧夏兩省區的東部地區。關中的地域文化歸屬爲秦文化，其具體特徵比較突出的有三點：其一是遊俠之風；其二是重功利；其三是人口流動頻繁。關中作爲“秦中自古帝王州”[②]，“積千餘年之神英，而黄河上游，遂爲全國之北辰，仁人君子之所經營，梟雄桀黠之所攙奪，莫不在于此土。取精多，用物宏，故至唐而猶極盛焉”[③]。關中共計 69 人次往來，其中 47 人次離開，22 人次進入，在全國各大文化區域中居于首位。據初步統計，這些人群主要分佈在京兆府及京畿附近的州縣。

---

① 按，由于本書唐代地域劃分主要參考的是張偉然《唐人心目中的文化區域及地理意象》一文，故下文關于各分區的地理範圍、各地域文化特徵皆主本此。

② 杜甫：《秋興八首》之六，《全唐詩》卷二二〇。

③ 梁啓超：《中國地理大勢論》，見《新史學》，北京：商務印書館，2014 年，第 260～261 頁。

（二）河南（山東之二）

該區域的地理範圍：以黄河爲北界，淮水爲南界，西抵崤山、函谷關，東至于海。其大體相當于今河南、山東兩省及蘇北、皖北部分地區。本區西部爲中原大地，主“中原文化”；東部爲齊魯大地，育“齊魯文化”。這一地區多帝鄉，多京邑，經濟基礎雄厚，歷史文化悠久，文化家族衆多，爲中國傳統文化的發源地和核心區域①。其中，河南（山東之二）的洛陽，在初唐的地位頗爲特别。據表1—1統計，河南（山東之二）共計48人次往來，比關中地區69人次略少，但因洛陽的特殊地位，其仍居第二位。與此同時，我們注意到初唐送别詩中離開河南（山東之二）的人次雖遠低于關中，但進入該地區的人次卻比進入關中地區的多5人次。這雖與河南（山東之二）地域範圍較關中更爲廣闊有關聯，但也在一定程度上説明了該地域在唐代的特殊地位。

（三）巴蜀

巴蜀指的是大巴山及其以西地區。其北、西、南界分别爲秦嶺、西山、大渡河及長江幹流。據表1—1統計，初唐送别詩中出入巴蜀的人次計39，僅排在關中、河南（山東之二）之後，位居第三。同時，據“初唐送别詩統計表”，創作地爲巴蜀的詩作共24首18人次，目的地爲巴蜀的詩作共22首21人次。但該地區送别詩的創作群體卻主要賴于“初唐四傑”和陳子昂等人，使得巴蜀地區送别詩的創作繁盛具有特殊性。初唐以巴蜀爲創作地的送别詩以及送行人入蜀皆主要是由“初唐四傑”和陳子昂完成的：“初唐四傑”共創作了14首送别詩，共進行了9人次的餞别；陳子昂共創作了7首送别詩，共進行了6人次的餞别。合而

① 張仲裁：《唐五代文人入蜀考論》，北京：中國社會科學出版社，2013年，第63頁。

觀之，“初唐四傑”和陳子昂共在巴蜀進行了15人次的送别，約佔巴蜀送别人次的83.33％；共創作了21首送别詩，佔了巴蜀創作送别詩的87.50％。與此同時，行人至所爲蜀地的詩作亦主要是出自“初唐四傑”和陳子昂之手：“初唐四傑”共創作了14首送人入蜀詩作，佔初唐送人入蜀詩作的66.67％；送别人次共計14人次，佔初唐送别詩中行人至所爲蜀地的66.67％。

（四）江淮、荆湘、河北（山東之一）、河東

江淮，其地域内部可以劃分爲淮南、江西與江南三個地域。其中，江南、淮南爲以揚、蘇、湖、杭諸州爲核心的長江下游地區，其文化歸屬爲吴越文化。從表1－1數據統計來看，江淮地區在初唐送别詩中成爲行人往來的第四集中地，進入該地域的人員佔16人次，略低于亦屬南方地區巴蜀的21人次，但遠遠高于進入荆湘的9人次。與此同時，以江淮爲創作地的送别詩僅6首7人次，其分别爲：宋之問在越州長史任上于越州鏡湖所作别詩《湖中别鑒上人》，以及他自越州長史貶欽州時留别“王長史”所作《渡吴江别王長史》；王勃于白下驛送“唐少府”還鄉的送别詩作《白下驛餞唐少府》；駱賓王于吴地送“費六”還鄉時所作《送費六還蜀》，另外一首他在青田所作的送别詩《送王明府參選賦得鶴》則可能作于詩人貶臨海丞時；韋述在廣陵送别“宋員外”與“鄭舍人”時創作的送别詩《廣陵送别宋員外佐越鄭舍人還京》。可見，初唐送别詩中以江淮爲創作地者，主要是宋之問、王勃、駱賓王、韋述四人。

荆湘，地處長江中游，其南界嶺南，西鄰黔中並以大巴山與巴蜀交界，大體對應現在的湖北、湖南兩省。其文化歸屬爲楚。從表1－1數據統計來看，初唐送别詩中往來于荆湘的人員僅13人次。其中，荆湘地區的送别詩僅4首4人次，其中宋之問共2首2人次，一爲他自越州長史流放欽州時所作的《宋公宅送寧諫議》，一爲他在襄陽所作的《漢江宴别》。另外兩首，一爲荆湘本

土作家孟浩然的《送張子容進士赴舉》；一爲嚴嶷赴涼州都督司馬逸客幕府時在楚地留別之作《别宋侍御》。

河北（山東之一），其地域範圍爲西自太行山，東至渤海，南界黃河，北臨塞。又張偉然先生在劃分唐代文化區域時，已將河北（山東之一）中的幽州、并州以北的地方歸爲邊地①，故而本書討論的河北（山東之一）則不包括幽、并兩州及其以北地區，而將這些地域歸爲邊塞。從表 1－1 數據統計來看，往來于河北（山東之一）的人員僅 4 人次，在河北創作的送别詩僅駱賓王的《于易水送人》與麴崇裕的《送司功入京》②；再者，進入該地域的也僅 2 人次，且進入的地點皆在該地域的南部：一者爲赴任相州刺史任③，一者爲赴滄州遊宦④。

河東，其地域範圍爲太行山以西，黃河以東，對應唐代的河東道，今天的山西省。其地域内部的南部和北部亦有較大地域差異，自太原以北，唐人視之如塞外；而晉南則文教頗爲發達⑤。但我們注意到，初唐送别詩中行人往來于這一地區的人次卻僅 5 人次。其中以河東爲創作地的初唐送别詩僅 1 首，是爲王績應徵

① 張偉然云："自并州以北，在唐人心目中都已是邊地。并州的地位與幽州相仿，唐人普遍認爲該地已經近胡。"見張偉然《唐人心目中的文化區域及地理意象》，前引書，第 320～321 頁。

② 題下注云："崇裕爲冀州參軍，嘗有司功入京，以詩送之云云。司功曰：'大才士，先生其誰？'曰：'吳兒博士教此聲韻。'司功曰：'師明弟子哲。'"見《全唐詩》卷八六九，北京：中華書局，1999 年（增訂本），第 9914 頁。

③ 由張大安同題詩《奉和别越王》"離襟愴睢苑，分途指鄴城"句中之"鄴城"（按，鄴城，唐屬相州），故劉祎之、李敬玄、張大安三人所作《奉和别越王》同題應制詩皆送越王赴任相州刺史之作。詳參彭慶生：《初唐詩歌繫年考》，北京：北京大學出版社，2012 年，第 145 頁。

④ 爲李嶠《送崔主簿赴滄州》詩，見《全唐詩》卷五八，第 695 頁。

⑤ 張偉然：《唐人心目中的文化區域及地理意象》，前引書，第 341 頁。

留别泰州[1]故人所作《被舉應徵别鄉中故人》。

（五）北方邊塞、嶺南、外番

北方邊塞：東北的邊界在遼水；自遼水往西，幽、并兩州以北的地方在唐人心目中已是邊地；從河套到賀蘭山一帶，以黄河爲憑據；賀蘭山以南，隴山以西率爲邊塞。據表1-1，初唐送别詩中赴邊從戎的共計17人次，位居行人目的地排行榜的前列。其中在北方邊塞創作的送别詩僅2首2人次，且皆爲陳子昂萬歲通天元年（696）隨軍東征契丹時所作詩。一爲在薊城送崔融應召赴都時所作《登薊城西北樓送崔著作融入都》，一爲在薊丘樓送“賈兵曹”奉公出使時所作《登薊丘樓送賈兵曹入都》。

嶺南，這裡的“嶺”指的是今天的南嶺，就全國範圍而論，“嶺”字幾乎有成爲“五嶺”的專稱之勢，但是當時習稱的“南嶺”並不一定指五嶺，而大多時候是“南山”即終南山的異稱。在唐代，如無特殊説明，所謂“過嶺”“越嶺”“度嶺”中的“嶺”往往指的是五嶺。從表1-1數據統計來看，在嶺南創作的送别詩共計11首9人次，以嶺南爲目的地的送别詩共計9首7人次。嶺南送别詩主要是宋之問、張説貶謫嶺南時期的創作。具體而言：宋之問自越州長史貶欽州時，在端州留别作《端州别袁侍郎》詩；張説貶欽州期間在嶺南創作了10首送别、留贈詩，分别爲《端州别高戩》《南中别蔣五岑向青州》《南中别陳七李十》《南中别王陵成崇》《嶺南送使》《盧巴驛聞張御史張判官欲到不得待留贈之》《南中送北使二首》《嶺南送使二首》，共送别、留贈8人次。而進入嶺南地區的人員亦多爲遭貶之人，初唐送别詩中共計7人次進入嶺南，其中5人次爲逐臣，2人次爲赴任之

[1] 傅璇琮、陶敏《唐五代文學編年史·初盛唐卷》（瀋陽：遼海出版社，1998年，第20頁）云：“《唐大詔令集》卷一〇二武德五年三月有《京官及總管刺史舉人詔》，續當爲本州（泰州）刺史所舉。”

官員。

初唐送别詩中往來于吐蕃、突厥、党項等外番的僅 7 人次，且這些出入外番人員的身份都較特殊，或爲和親之公主及其扈從人員，或爲奉公出使人員。同時，初唐送别詩中亦有一首反映大唐帝國對外交流的詩作，即張説的《送梁知微渡海東》，其中的海東即新羅、日本一帶。李唐王朝儘管與西北、西南邊陲的少數民族不時有衝突發生，但是與東臨的日本、新羅等國卻保持了良好的外交關係。隨着李唐王朝國力的強盛之勢以及其包容並蓄的開放文化政策，外國的使節、僧徒、文士、商賈等不斷來到大唐，他們的一來一往，亦産生了大量的送别詩。就唐代與日本國的交往，張步雲在其《唐代中日往來詩輯注》（陝西人民出版社 1984 年版）一書中，就收録了 129 首唐代中日往來詩歌。然而，《全唐詩》中所見最早反映外國人士回朝的乃是開元十二年（724）王維、趙驊送别晁衡的詩歌。

綜上所述，根據“初唐送别詩統計表”中的地域信息，京洛爲初唐送别詩中行人分佈最集中的地點。以至于我們甚至可以説，初唐送别詩中往來于關中、河南（山東之二）的行人主要爲出入京洛的群體。同時，初唐地方性送别詩的創作，主要是一個或幾個作家的創作。京洛由于其中央集權的政治體制及其從屬的選舉制的向心作用，對全國的士人階層産生了巨大的向心作用。與此同時，唐王朝通過科舉、銓選、命官、遷貶等手段鉗制着廣大士子的命運：忽而把他們聚攏到中央，倏爾又把他們遣散到四方。初唐的中下層士人幾乎都長期處于應舉、赴選、赴任、出使、宦遊、覲省、流貶、漫遊、訪友等公私行役之中。在這一過程中，全國政治中心的文化得以向地方不斷播散和輻射，并深刻影響了地方的詩歌創作和文化發展。如，文人的貶謫會帶來地方詩歌數量的增長。初唐送别詩中嶺南地區的詩歌創作就是由貶謫至嶺南的宋之問和張説完成的。

第二節　初唐送別詩中行人入京洛考

唐代的政治中心以兩京爲體，是爲西京長安與東都洛陽，故而本書即以“京洛”指代長安和洛陽兩地。東都洛陽，即隋朝所建之新都，唐初廢，貞觀中號爲洛陽宫。顯慶二年（657）十二月，高宗下詔改洛陽宫爲東都。光宅年間，稱神都，神龍中復稱東都。天寶年間又改爲東京，後來又恢復東都舊稱①。自顯慶二年洛陽陞爲東都後，高宗和武則天都曾把洛陽作爲帝王理事之地。洛陽在唐代的特别地位，張偉然云：“洛陽在唐代的地位頗爲特别，其作爲都城的歷時長短以及國際化程度都不及長安，但文化發達的程度則未遑多讓。此地的地理位置優于長安。唐人習以‘京’、‘洛’連稱，如‘十年京洛共風塵’、‘京洛風塵久’之類，而尤有不少人以洛陽爲天下之中。……其物資給應亦遠較長安豐富。……因而當時不少官宦之家卜居于此。”② 據表1－1的統計，初唐送别詩中往來于洛陽的共計31人次，其中16人次進入洛陽。以河南（山東之一）爲準洛陽地區的進入人次以16/27佔優勢地位。這就説明，進入河南（山東之二）地域的人員主要是進入洛陽的人員。

據表1－1的統計，關中共計69人次往來，其中47人次離開，22人次進入。以長安而論，共計41人次離開長安，佔41/47的絶對强勢地位；14人次進入長安，亦以14/22佔優勢地位。可以説，進入關中的人員主要是進入長安的人員。這説明首都在以詩人爲中心的士人活動中佔據了中心地位。長安作爲唐王朝的政治、經濟、文化中心，唐代士人很少有一生未入長安的。

京洛作爲全國的政治文化中心，成爲初唐送别詩創作地點、

① 任爽：《唐朝典章制度》，長春：吉林文史出版社，2001年，第55～56頁。

② 張偉然：《唐人心目中的文化區域及地理意象》，前引書，第350頁。

行人所至地點最爲集中的地區。本書對初唐送别詩的地域統計，佐證了戴偉華關于唐詩創作地點分佈格局的一個論斷："京都爲創作最集中的地點。這是詩歌創作地點呈現的普遍性原則。"① 故而，關中和河南（山東之二）成爲初唐送别詩中地域分佈最爲集中的地域，這是不難理解的。因爲關中和河南（山東之二）分别是唐朝西京長安、東都洛陽所在地，往來于長安和洛陽的行人以及兩地的詩作影響了兩地的地域分佈比例。

下面擬主要從别者身份、入京洛動因、情感基調等方面，具體對初唐送别詩中行人入京洛的詩作加以整理分析。

一、入京洛群體的身份特徵

文人士子以及平民百姓生活的社會化、複雜化、多樣化，不僅使得送别詩作大量産生，亦理應使得送别詩的表現範圍更爲廣闊：君臣間的送别、同僚間的送别、市井間的送别、親人間的送别、情人間的送别、隱逸僧道間以及外國使節間的送别，諸如此類，不一而足。但通過對初唐送别詩中行人出入地點爲京洛的詩作的整理分析發現，初唐送别詩中出入京洛的群體身份則比較單一化。具體而言，初唐送别詩中行人有 57 人爲離開京洛者，能考據出餞别時行人明確社會身份的有 54 人：地方官 30 人，其中有 5 人爲自朝廷流貶赴任之地方官員；朝官 20 人；僧道 3 人；落第士子 1 人。再看，進入京洛群體的社會身份特徵，初唐送别詩中有 28 人進入京洛者，能考據出餞别時行人明確社會身份的有 28 人：地方官 11 人，其中逐臣 4 人；朝官 10 人；庶人 7 人。綜上所述，初唐送别詩中出入京洛的人員大多是朝官和地方官。這既説明京洛在官員活動中的地位，也在一定程度上反映了官員特别是朝官作爲詩歌主要寫作對象的文化壟斷地位。

---

① 戴偉華：《地域文化與唐代詩歌》，北京：中華書局，2006 年，第 59 頁。

同時，從數據統計來看，出入京洛群體中地方官員的數量處于絶對强勢地位。這是由于唐朝科舉制和銓選制的確立和完善，使得大批舉子和待選官吏從全國各地赴京應舉參選，通過銓選的舉子和待選官員，便從京洛出發赴任地方官職。據徐松《登科記考》著録資料統計，唐代自高祖武德五年（622）至哀帝天佑四年（907），録取進士僅 6688 人。就初唐來説，自高祖朝至睿宗朝 95 年間，共録取進士 1549 人，每年平均録取 16 人[①]。相對于數以千萬計奔競于科考入仕之途的士人，科舉取士的名額是相當有限的。傅璇琮在《唐代科舉與文學》中描繪了唐朝落第舉子覓舉和客居生活的艱辛與困窘，並指出："我們還應當看到那時舉子的大部分是落第的，由于他們是科場的失敗者，有些人考了十幾年、幾十年，可能終于無成，因此關于他們的情况，就很少記載。"[②] 又，依照唐代銓選制度，六品以下文武官，在升入五品官以前，每一任秩滿後即自動罷官，于歲末集于京師參加吏部銓選，考量授官。秩滿失職的官員又像未登第前那樣變成一介平民，四處奔走，重新開始覓舉入仕之路。但是落第士子和秩滿失職官員這兩個大量往來于京洛的文學群體在初唐送别詩中卻絶少被書寫。就落第士子來説，初唐送别詩中僅兩首詩歌反映了落第士子的生活面貌。這兩首詩歌爲陳子昂落第歸蜀時所作的兩首留别詩：《落第西還别劉祭酒高明府》《落第西還别魏四懍》。至盛唐送别詩中才出現了較多送落第士子的詩歌。《全唐詩》中，單就在篇目上明確有"落第""下第"，反映盛唐官宦、名士送别落

① 此處進士录取數據參考陶易編著《唐代進士錄》，合肥：安徽大學出版社，2010 年。

② 傅璇琮：《唐代科舉與文學》，西安：陝西人民出版社，1986 年，第 446 頁。

第士人以及落第士人留別上層官宦、名士的詩就有 28 首①。

二、入京洛群體的動因與創作風格

我們來看初唐送別詩中文士進入京洛者的動因以及其情感基調的差異。據《全唐詩》統計，初唐送別詩中文士進入京洛的動因與情感基調的具體情況見表 1—2。

表 1—2　文士進入京洛的動因與情感基調統計表

序號	詩人	詩題	創作時間	目的地	入京洛動因	情感基調
1	盧照鄰	送梓州高參軍還京	總章二年或咸亨元年②	洛陽	不詳	悲戚沉鬱
2		大劍送別劉右史	龍朔三年至咸亨元年间	長安	不詳	悲戚沉鬱
3		還京贈別	咸亨二年	長安③	參選④	疏闊深遠

① 上層官宦、名士送別落第士人的如：殷遥的《送友人下第歸省》（一作劉得仁詩），王維的《送綦毋潛落第還鄉》《送丘爲落第歸江東》，祖咏的《送丘爲下第》，綦毋潛的《送章彝下第》，蕭穎士的《送張翬下第歸江東》，孟浩然的《送從弟邕下第後尋會稽》，李白的《送于十八應四子舉落第還嵩山》，岑參的《送魏四落第還鄉》《送胡象落第歸王屋別業》《送周子落第遊荆南》《送嚴維下第還江東》《送孟孺卿落第歸濟陽》《送杜佐下第歸陸渾別業》，錢起的《送鄔三落第還鄉》《送褚大落第東歸》《送郭秀才制舉下第南遊》《送李秀才落第遊荆楚》《送鍾評事應宏詞下第東歸》，韓翃的《送李下第歸衛州便遊河北》，嚴維的《送丘爲下第歸蘇州》，盧綸的《送魏廣下第歸揚州》《送潘述應宏詞下第歸江南》，李端的《送魏廣下第歸揚州寧親》《送潘述宏詞下第歸江外》，等等。落第士人留別上層官宦、名士的如：豆盧複的《落第歸鄉留別長安主人》，錢起的《落第劉拾遺相送東歸》，皇甫冉的《落第後東遊留別》，等等。

② 此處盧照鄰 8 首送別詩之繫年皆主要參考祝尚書《盧照鄰集箋注》（增訂本），上海：上海古籍出版社，2011 年，第 2 版。

③ 陶敏、傅璇琮《唐五代文學編年史・初盛唐卷》（第 217 頁）："（咸亨二年）冬，駱賓王、楊炯、盧照鄰、王勃在長安，均以文章有盛名，同參選補，裴行儉評之。"

④ 咸亨元年（670）前後，駱賓王、王勃、盧照鄰皆在蜀中。咸亨二年（671），"四傑"在長安，均以文章有盛名，同參選補。

續表 1-2

序號	詩人	詩題	創作時間	目的地	入京洛動因	情感基調
4	崔日用	餞唐永昌	景龍三年	洛陽	赴任	深沉委婉
5	楊炯	送李庶子致仕還洛	永淳二年、弘道元年	洛陽	致仕還鄉	惋惜
6	宋之問	送合宮蘇明府頲	神龍二年	洛陽	赴任	雍容典雅
7	王勃	白下驛餞唐少府	乾封二年	長安	還鄉	低沉
8	李嶠	送光祿劉主簿之洛	不詳	洛陽	不詳	低沉
9	杜審言	泛舟送鄭卿入京	不詳	長安	宦遊	明朗
10	閻朝隱	餞唐永昌	景龍三年	洛陽	赴任	低沉
11	李適	餞唐永昌赴任東都	景龍三年	洛陽	赴任	昂揚疏闊
12	劉憲	餞唐永昌	景龍三年	洛陽	赴任	昂揚疏闊
13	蘇頲	送賈起居奉使入洛取圖書因便拜覲	景龍三年	洛陽	搜集圖書	昂揚
14	徐彥伯	送特進李嶠入都祔廟	景龍四年	洛陽	入都祔廟	明麗昂揚
15		餞唐永昌	景龍三年	洛陽	赴任	明麗歡快
16	劉希夷	餞李秀才赴舉	不詳	長安	赴舉	低沉
17	陳子昂	登薊丘樓送賈兵曹入都	萬歲通天二年、神功元年	洛陽	出使洛陽	悲壯沉鬱
18		遂州南江別鄉曲故人	長壽三年、延載元年	洛陽	宦遊	真摯殷切

續表 1－2

序號	詩人	詩題	創作時間	目的地	入京洛動因	情感基調
19	陳子昂	春夜別友人二首	儀鳳四年、調露元年①	洛陽	遊學	低沉
20		登薊城西北樓送崔著作融入都並序	萬歲登封元年、萬歲通天元年	洛陽	應召赴都	慷慨激昂
21	張説	送尹補闕元凱琴歌	長安元年	長安	接取家室	昂揚
22		送王晙自羽林赴永昌令	神龍二年	洛陽	赴任	昂揚
23		送薛植入京	先天元年	長安	赴任	簡淡疏闊
24		南中別陳七李十	神龍元年	長安	被召回京任職	急切歡快
25		南中別王陵成崇	長安四年	洛陽②	不詳	真摯殷切
26		嶺南送使	長安四年或景雲元年	長安附近	出使歸朝	哀怨凄楚
27		送蘇合宮頲	神龍二年	洛陽	赴任	雍容雅正
28		南中送北使二首	長安四年	洛陽	出使歸朝	凄怨悲苦

① 彭慶生《初唐詩歌繫年考》（第 188～189 頁）將之繫于嗣聖元年（684）初春。據陳子昂《春夜別友人》其二云“懷君欲何贈？願上大臣書”，以此爲“唐高宗大帝崩于洛陽宮，靈駕將西歸，子昂乃獻書闕下”事。但正如徐文茂所言：“詩云‘懷君欲何贈？願上大臣書’當爲情氣昂壯的進取之言。據《資治通鑒》卷二〇三載，高宗靈駕西還于光宅元年五月丙申，子昂此年春已于洛陽應考及第，何來‘悠悠洛陽道’之念。”故將此詩繫于子昂初次離開蜀中前夕。參見徐文茂《陳子昂論考》，上海：上海古籍出版社，2002 年，第 27～28 頁。

② 因詩中有“倏爾生六翮，翻飛戾九門”句，而“九門”代指帝王所居之處，故言“王陵、成崇”二人所往之地蓋京都。又長安四年（704），武則天居洛陽，以洛陽爲神都，直到中宗神龍二年（706）才返回長安。

續表 1-2

序號	詩人	詩題	創作時間	目的地	入京洛動因	情感基調
29	李乂	餞唐永昌	景龍三年	洛陽	赴任	明朗
30	薛稷	餞唐永昌	景龍三年	洛陽	赴任	清新明朗
31	馬懷素	餞唐永昌	景龍三年	洛陽	赴任	簡淡疏闊
32	沈佺期	餞唐郎中洛陽令	景龍三年	洛陽	赴任	簡淡疏闊
33		餞唐永昌	景龍三年	洛陽	赴任	明朗疏闊
34		洛州蕭司兵謁兄還赴洛成禮①	武后長安至先天初	洛陽	謁兄後歸洛成婚	疏闊
35	武平一	餞唐永昌	景龍三年	洛陽	赴任	清新疏闊
36	徐堅	餞唐永昌	景龍三年	洛陽	赴任	低沉
37	孟浩然	送張子容進士赴舉	景雲二年	長安	赴舉	惆悵
38	麴崇裕	送司功入京②	貞觀末永徽初	長安	不詳	悲戚
39	房元陽	送薛大入洛	不詳	洛陽	不詳	哀怨
40	王績	被舉應徵別鄉中故人	武德五年	長安	應徵	明朗疏闊
41	駱賓王	送王明府參選賦得鶴	可能作于詩人貶任臨海丞時	長安	參選	真摯殷切
42		秋日送尹大赴京並序	可能作于詩人閑居齊魯中期	長安	宦遊	凄婉沉鬱

① 《永樂大典》卷一〇四五九作《送洛州蕭司兵謁兄還赴洛成禮》，參見欒貴明《永樂大典索引》，北京：作家出版社，1997年，第491頁。

② 題下注云："崇裕爲冀州參軍，嘗有司功入京，以詩送之云云。司功曰：'大才士，先生其誰？'曰：'吳兒博士教此聲韻。'司功曰：'師明弟子哲。'"

續表 1—2

序號	詩人	詩題	創作時間	目的地	入京洛動因	情感基調
43	韋述	廣陵送别宋員外佐越鄭舍人還京①	景龍三年	長安	出使歸朝	莊雅

據表 1—2，初唐送别詩中除去 7 人次不知入京洛原因之外，可以考知具體入京洛動因者共有 25 人次。就進入京洛動因進行比對辨析後，可列出赴任、還鄉、宦遊、赴舉、奉公出使、應召、其他共計 7 類微觀的入京洛動因。其中 4 人次赴任；4 人次遊歷，其中 3 人次宦遊，1 人次遊學；4 人次奉公出使，其中有 3 人次爲出使歸朝；3 人次應召；2 人次赴舉；2 人次還鄉；2 人次參選。還有 4 人次爲其他類别的公私行役，具體動因分别爲：搜集圖書、入都祔廟、接取家室、謁兄後歸洛成婚，考慮到以上每種動因皆僅 1 人次，故不再單列其類。

不同的動因往往意味着迥異的心態特徵，這勢必會對詩歌的情感基調與創作風格以及採用的藝術構思産生一定的影響。但由于行人入京洛的動因種類繁多，同時由于篇幅限制，本書僅擬對入京洛的典型動因加以考察。首先，來看送人入京洛赴任詩的情

① 《全唐詩》卷一〇八題下注："一本題止還京二字，一作張諤詩。"同書卷一一〇張諤名下重録此詩，題下注："一作《廣陵送别宋員外佐越鄭舍人還京》，一作韋述詩。"佟培基《全唐詩重出誤收考》（第 71 頁）云："《英華》二六八作韋述，但《才調》九作張諤。《統籤》亦雙載二人下，但于卷八二四《已籤》一張下注：'一作韋述詩，誤。'不知胡震亨何所據，從詩題看，似爲韋述詩。"傅璇琮主編《唐五代文學編年史・初盛唐卷》（第 455 頁）"唐中宗景龍三年"條下云："秋，韋述在揚州遇宋之問，有詩《廣陵送别宋員外佐越鄭舍人還京》送之。"又彭慶生《初唐詩歌繫年考》將宋之問貶越途中所作《初宿淮口》以及《傷王七秘書監》等詩與韋述《廣陵送别宋員外佐越鄭舍人還京》相排比，認爲韋述《廣陵送别宋員外佐越鄭舍人還京》爲景龍三年宋之問貶越途經揚州時作。同時亦認爲《廣陵送别宋員外佐越鄭舍人還京》當爲韋述詩。詳參彭慶生《初唐詩歌繫年考》第 336 頁。今從。

感基調。由于長安爲國家權力中心所在，能够任職京城，理應是士人的入仕理想。而洛陽作爲唐王朝的陪都，在初唐的高宗和武后朝一度是帝王理事之地，由此可見洛陽在初唐的政治地位頗爲特别。自顯慶二年（657），高宗初幸洛陽，“手詔改洛陽宫爲東都，洛州官員階品並準雍州”[1]，初唐時期洛陽官員的階品與京師長安所在地雍州的一樣。因此，送人入京洛赴任的别詩的情感基調多是或明朗昂揚，或雍容典雅，或簡淡疏闊的。而正如其他送人赴地方赴任詩，不少送人赴京洛任職詩中亦有對行人政績的展望和期許的内容。如景龍三年（709）李適、李乂、沈佺期、徐彦伯等11人送唐永昌赴任洛陽令時，從《全唐詩》中所收12首送詩來看，除崔日用、閻朝隱、徐堅等人所寫詩稍顯低沉之外，其他8人所作9首詩作的情感基調都是明朗疏闊的。同時，李乂、沈佺期的七絶同題詩《餞唐永昌》中的後二句皆爲對唐永昌赴任後政績的展望。如徐彦伯的《餞唐永昌》詩，云：“金溪碧水玉潭沙，鳧舄翩翩弄日華。鬥雞香陌行春倦，爲摘東園桃李花。”[2]“金溪”“碧水”“日華”“香陌”“桃李花”等明麗的春景圖，完全冲淡了離愁别意。又如沈佺期《餞唐郎中洛陽令》詩，首聯稱賞唐永昌的才能，頷聯破題點明别意，頸聯描摹筵餞場景，尾聯囑托行人爲政之暇，要想念老朋友“我”。整首詩歌皆無傷别之情，雖然是送别舊友，但因友人是前往東都洛陽任職，故而别詩的内在情感是簡淡疏闊的。再如蘇頲爲洛陽令時，宋之問的《送合宫蘇明府頲》，全詩概爲對蘇頲的贊美與政績的期許之辭，且用典工整精妙。同送者還有張説，其詩《送蘇合宫頲》亦重在表達對蘇頲的推贊和政績殷切期盼之情。總之，宋之問和

① 劉昫等：《舊唐書》卷四《本紀第四》，北京，中華書局，1975年，第77頁。

② 徐彦伯：《餞唐永昌》，《全唐詩》卷七六，第826頁。

張説的這兩首送别詩的創作風格皆是雍容雅正的。

遊歷，由于其目的的不同，内部又有區分。因京洛政治地位的原因，《全唐詩》中所收初唐送别詩中屬赴京洛遊歷的行人，皆是帶有一定的功利目的，而並非出于簡單的遊山玩水的觀賞目的。唐人登第前，大多士子都經歷了漫長的干謁過程，然而登第還只是取得了入仕資格，之後必須通過吏部的關試，才能步入仕途。又依照唐代職官制度，六品以下文武百官，每一任秩滿後即自動罷官，亦須赴京師參加吏部的銓選，通過考核者才能繼續作官。如此説來，唐代士子登第前後或是"守選"之時都免不了長期在京洛旅宦奔走。他們背井離鄉進入權力角逐的中心，旅食的辛酸，加之謀仕的艱難，都會在行人心中激起萬千心緒。基于此，這些共通的情感體驗使得送人赴京洛遊歷或行人遠赴京洛旅宦留别故友的詩作，其情感基調大多是低沉的。一般來説，行人赴京洛遊宦時所作的留别詩裡，既有與鄉曲故人分别的不捨，亦有遠行之人明心見志的豪言壯語。如陳子昂調露元年（679 年）第一次東入咸京遊學時，留别蜀中友人寫下的《春夜别友人二首》。離蜀前夕，詩人與鄉中摯友通宵敘别，並在詩中絮絮不休地表抒内心的離憂，云："離堂思琴瑟，别路繞山川"，"對此芳樽夜，離憂悵有余"。既然是初入京洛旅宦的士子，總免不了對自身前途有所展望，陳子昂在詩中便以司馬相如自期，慷慨直陳内心的抱負："懷君欲何贈，願上大臣書。"[①] 而當他經歷過官場的宦海浮沉後，再次于長壽三年（694）返東都旅宦時，在其留别詩《遂州南江别鄉曲故人》中，不禁反省自己的仕進選擇，詩中"平生亦何恨，夙昔在林丘"的詰問，明確傳達了他在出處之間的複雜心緒。由于唐朝用人制度重内輕外，士人普遍形成了一種對京職與京中生活的無限向往心理。因此，在這些送人赴京洛

① 陳子昂：《春夜别友人二首》，《全唐詩》卷八四，第 903 頁。

旅宦的詩中，送人遠行之人往往會結合自身境况，或將自己的失意之情融入别情中，或對行人表露歆羡之意。如駱賓王在因仕途受挫、閑居齊魯時送“尹大”旅宦而創作的《秋日送尹大赴京並序》中，將自身境况與行人兩相比照，“掛瓢余隱舜，負鼎爾干湯”①，由此徒增窮途之慨。而杜審言在《泛舟送鄭卿入京》開篇即云“帝座蓬萊殿，恩追社稷臣。長安遥向日，宗伯正乘春”②，對赴京旅宦的“鄭卿”不無歆羡之意。

送使者入京洛的别詩，大都不在申述别意，而是借入京洛的使者向當朝統治者或權貴傳達自己的心志。由是，這些詩作一般都具有政治目的性和交往功能。倘若送行人處于失意窘迫甚或是遷謫的境地，那麼他們在所作的送使者入京洛詩裡，往往會以詩代箋，希望把自己身處荒遠之地的悲慘遭際以及自身熱切的報國之志傳達給朝廷。因此，這些詩作的情感基調也大多是凄怨哀苦的。如，張説貶謫嶺南期間所作的送使者歸朝詩，《嶺南送使》與《南中送北使二首》，詩人于此二首詩中都是先陳述自己謫居的悲慘處境，然後表明寫詩的目的，或云“南中不可問，書此示京畿”③，或云“逢君入鄉縣，傳我念京周”④。再如神功元年(697)，陳子昂隨武攸宜東征契丹而不得重用、壯志難酬之際，飽受孤寂悲憤、痛苦不堪的折磨，繼而轉向隱隱的期盼。當此之時，因“賈兵曹”出使洛陽，他便寫下《登薊丘樓送賈兵曹入都》一詩：

> 東山宿昔意，北征非我心。孤負平生願，感涕下沾襟。暮登薊樓上，永望燕山岑。遼海方漫漫，胡沙飛且深。峨眉

① 駱賓王：《秋日送尹大赴京並序》，《全唐詩》卷七八，第843頁。
② 杜審言：《泛舟送鄭卿入京》，《全唐詩》卷六二，第735頁。
③ 張説：《嶺南送使》，《全唐詩》卷八七，第946頁。
④ 張説：《南中送北使二首》，《全唐詩》卷八八，第966頁。

> 杳如夢，仙子曷由尋。擊劍起歎息，白日忽西沉。聞君洛陽使，因子寄南音。①

詩歌的題旨在于傾訴詩人歸隱的意趣，自己奔赴北征前綫背離早前學道求仙的志向，現在“燕山岑”“遼海方漫漫”，想要歸隱而不得。因而，便拜托歸洛陽的使者“寄南音”，向帝王轉達他心念歸隱的想法。就整首詩歌而觀之，竟無隻言片語涉及與使者之間的别離之情，反而充滿了詩人報國無門的悲憤和求隱不得的苦悶之音。

應召還京洛，不管是因升遷轉入京洛任職，還是結束貶謫生涯而被召回朝，或是應朝廷徵召人才，皆是可喜可賀之事。因而，這些詩作的情感基調理應是明朗的。此類詩歌中，最爲典型的應該是那些逐臣被召回京之際所創作的留别貶地友人的詩歌。典型者如張説被貶欽州，神龍元年（705）春中宗召其回京之時，其留别友人的詩作《南中别陳七李十》：

> 二年共遊處，一旦各西東。請君聊駐馬，看我轉征蓬。晝鷁愁南海，離駒思北風。何時似春雁，雙入上林中。②

詩人雖以“征蓬”“離駒”“晝鷁”等漂泊意象自喻，暗喻自己貶謫嶺南之際的羈旅愁思。但當詩人即將踏上征途與朋友分别時，並没有傷别哀切之言，而是囑咐送行之人“駐馬”“看我轉征蓬”，表現詩人將策馬揚鞭奔赴朝廷的躊躇滿志。與此同時，詩歌還于尾聯以“春燕”設喻，既是對友人的勉勵，亦是用此明麗歡快的形象來自喻。因此，整首詩歌的情感基調仍是輕快明朗的。

唐承隋制，推行科舉，科舉入仕参政成爲士人實現其人生理

---

① 陳子昂：《登薊丘樓送賈兵曹入都》，《全唐詩》卷八三，第897頁。

② 張説：《南中别陳七李十》，《全唐詩》卷八七，第946頁。

想的最基本的途徑。在經濟空前繁榮、國力強盛的唐代，唐人的功名進取心更強，熱衷于科考便成爲一種重要的社會現象。唐代科舉項目衆多，就其重要性來説，秀才、明法、開元禮、道舉等科都比不過進士、明經和制科①。又，初唐洛陽因其特殊的政治地位，因而也與科舉活動休戚相關②。因此，進入京洛的行人有很大一部分是參加科舉考試或參選的士子，故而唐詩中涌現出衆多送人赴舉、參選的别詩。徐松《登科記考》“别錄”下，收集了不少送人赴舉詩。“而徐松所收集的，不過是極少的一部分，有些詩人一生要送許多人赴舉，如果連文章一起算上，差不多所有詩人都有關于自己赴舉、送他人赴舉的作品。這些詩（文），不僅能够反映出送者和被送者之間的關係、感情，而且也能反映出科舉的一些狀況和當時的社會生活。”③ 而唐詩中開啟寫科第送别風氣，以詩送人赴舉的，最早的則是初唐詩人劉希夷未及第之前寫作的《餞李秀才赴舉》④。古代文士對科舉總是異常敏感的，送人赴舉之時亦會觸動他們的心弦。若送行之人是未及第的士子，那麽在他們的送人赴舉詩中，常常是將自身與行人對舉比照，在祝願遠行之人的同時又不免自憐自歎。劉希夷的《餞李秀才赴舉》中，遠行之人的境遇是鵬程萬里，“鴻鵠振羽翮，翻飛如帝鄉”，而此時詩人反觀自身的境况，不免自憐自傷起來，慨歎道：“自憐窮浦雁，歲歲不隨陽。”⑤ 這裡，劉希夷將遠行者比

① 关于唐代科舉制度的科目，參看傅璇琮《唐代科舉與文學》第二章“总论唐代取士各科”，前引書，第 23～41 頁。

② 關于唐代洛陽的科舉活動，詳見郭紹林《唐五代洛陽的科舉活動與河洛文化的地位》，《洛陽大學學報》2001 年第 1 期。

③ 陳飛：《唐詩與科舉》，桂林：漓江出版社，1996 年，第 111 頁。

④ 傅璇琮《唐代科舉與文學》（第 420～421 頁）：“據筆者所見，在現有材料中，唐人以詩送人赴舉的，最早要算是劉希夷的《餞李秀才赴舉》。”“這首詩寫得較爲一般，它的意義在于開啟唐詩寫科第送别的風氣。”

⑤ 劉希夷：《餞李秀才赴舉》，《全唐詩》卷八二，第 885 頁。

作振翅高飛的鴻鵠，將自身比作窮浦之雁，祝願和自憐之意兼有之。再如，孟浩然未及第之前送張子容赴進士舉的詩中，亦有此類比照寫法："茂林予偃息，喬木爾飛翻。"[①] 以上兩首詩歌的情感基調，因詩人自身私人情感的注入，而稍顯凄怨惆悵。但也有例外者，如可能作于駱賓王閑居齊魯時期的《送王明府參選賦得鶴》[②]，詩文借咏鶴來稱賞"王明府"才識學養的不同凡響，繼而預祝行人"清響會聞天"[③]，此番能够青雲得志。詩歌借"青田之鶴"對王明府明贊暗喻，構思巧妙，寓意雋永，詩境含蓄清雅，情感真摯殷切、明朗激越。

綜上所述，送行之人因行人不同的入京洛動因而創作的送別詩，以及遠行之人因不同入京洛動因寫作的留別詩，儘管在送行之人與被送之人的個人性情、胸襟才華乃至經歷等方面各有不同，但有着相同送別動因的別詩中，又有着某些共通的情感基調和藝術構思。

第三節　初唐送別詩中文士入地方考論

一、文士入地方動因概況及其特徵分析

根據"初唐送別詩統計表"所列初唐文士入地方的考證，就其進入某地的動因而論，可列出赴任、奉公出使、流貶、漫遊、還鄉、征戍、和番、投龍共計八類微觀的入地方動因。須要説明

① 孟浩然：《送張子容進士赴舉》（一作《赴進士舉》），《全唐詩》卷一六〇，第1642頁。

② 楊柳、駱祥發在《駱賓王評傳》（北京：北京出版社，1987年，第282頁）中稱："這樣大體也可以間接推測出駱賓王《送王明府參選賦得鶴》詩的創作年代當爲閑居齊、魯階段。"

③ 駱賓王：《送王明府參選賦得鶴》，《全唐詩》卷七八，第844頁。

的是：第一，“赴任”類，包括解褐赴任與銓選赴任兩類。而其中的“貶謫赴任”一類與文人的流放、量移，同屬于文人的一種被動遷移，因而本書將貶謫赴任、流放、量移同歸在了“流貶”一類。第二，“漫遊”一類，具體情況又有宦遊、遊學、遊方等幾種。此外，還有一些詩題但言“漫遊”，而從詩意以及歷史文獻都無法考知具體漫遊目的，亦歸入此類。第三，“征戍”一類，具體包括赴邊從軍、備邊、護邊、簡兵、北伐、東征幾類。通過對初唐送別詩的定量分析，初唐送別詩中文士入地方動因概況見表1－3：

表1－3　初唐送別詩中文士入地方動因統計表

單位：人次

地域	動因								
	赴任	流貶	漫遊	出使	還鄉	征戍	投龍	不詳	總計
巴蜀	4	1	3	3	3	0	1	6	21
北方邊塞	1	0	0	1	0	15	0	0	17
江淮	4	2	3	3	3	0	0	1	16
荆湘	4	0	2	1	1	0	0	1	9
嶺南	1	7	0	0	0	0	0	0	8
河東	2	0	0	0	1	0	0	1	4
河北（山東之一）	1	0	1	0	0	0	0	0	2
總計	16	10	9	8	8	15	1	10	77

據表1－3，初唐送別詩中文士入地方動因有如下特點。

第一，初唐送別詩中的文士入地方的動因，除了還鄉動因另當別論，主要集中在赴任、征戍、奉公出使、流貶、漫遊幾類。這一現象正和初唐的時代風貌相契合。

其一，“赴任”一類與初唐的職官制度有着千絲萬縷的關聯。

《舊唐書·職官志一》記載："有唐已来，出身入仕者，着令有秀才、明經、進士、明法、書算。其次以流外入流。若以門資入仕，則先授親、勲、翊衛，六番隨文武簡入選例。又有齋郎、品子、勲官及五等封爵、屯官之屬，亦有番第，許同揀選。"[①] 可見，初唐之世入仕途徑就有科舉、雜色入流與門蔭入仕幾大類。初唐時李唐王室爲了團結各地區各方面的人才而廣開仕途、廣納文士，一大批各樣出身的文士進入各級官府[②]。由此説來，初唐有衆多送行人赴地方官府的送别詩，則是情理之中的事。或出于這些詩作中的行人身份爲官員的原因，這類詩較送落第士子、失敗選人的詩作，更多地被傳播、保留下來了。

其二，"征戍"一類與唐王朝自建立初期外患屢起的國情以及鞏固邊防的軍事目的有關。初唐時期，史有記載的重大對外戰爭連續不斷：武德七年（624），突厥逼進幽州；貞觀四年（630），唐王朝滅東突厥；貞觀九年（635），唐軍擊敗吐谷渾；貞觀十四年（640），唐王朝滅高昌；顯慶二年（657），滅西突厥；咸亨元年（670），吐蕃擊破唐軍，陷安西四鎮……萬歲通天元年（690）、二年（691），契丹攻陷營州，繼而進攻幽州；久視元年（700），吐蕃進攻涼州；等等。尤其是北方的突厥，西方的吐蕃這兩大部族，對唐王朝造成較大的威脅，致使唐王朝處于"東據復西敵"（崔湜《塞垣行》）的境地[③]。同時，由于唐朝採取衆多取士之道，廣大寒士除了以科舉作爲進身之階，從軍護邊立功邊塞，以軍功入仕亦是不錯的選擇。從而，初唐送别詩中有爲數不少的送人赴邊從戎的詩作。

---

① 劉昫等：《舊唐書》卷四二《職官一》，前引書，第1804頁。

② 吳宗國《唐代科舉制度研究》，瀋陽：遼寧大學出版社，1997年，第2版，第12～13頁。

③ 此處關于初唐的邊塞戰爭，主要參考楊恩成《初唐邊塞詩的時代特徵》，《陝西師大學報》（哲學社會科學版）1985年第2期。

其三，“奉公出使”頻繁，與唐朝中央對地方官府的監察制度聯繫緊密。在封建王朝的中央集權體制，爲分察百寮，巡視州縣，除了承襲前制專設監察機構，唐初還于各道設按察史。京中的郎官、御史、大理寺評事等頻繁出使地方。又據《唐國史補》卷下：“開元已前，有事于外則命使臣，否則止。自置八節度、十採訪，始有坐而爲使，其後名號益廣。大抵生于置兵，盛于興利，普于銜命，于是爲使則重，爲官則輕。”[①] 這就説明，有唐一代使者具有較高的社會政治地位。可能是使者身份原因，這類詩作不僅數量衆多，亦得到了較好的傳播與保存。

其四，“流貶”類與封建君主專制制度以及初唐頗爲動蕩的政局有關。“初唐是唐代政治風雲頗爲激蕩的時期。從武德九年（626）李世民玄武門之變……到神龍元年（705）中宗復辟的短短八十年間，歷經五帝（太宗、高宗、中宗、睿宗、武則天）和多次重大政治事件。每一次政局動蕩都會有一批臣子遭貶，而在武則天執政時表現尤爲突出。”[②] 封建社會的官員，大多數人都有過遭遇貶謫的經歷。正如神龍元年正月趙冬曦在上疏中説的那樣：“今則不然，京職之不稱者，乃左爲外任；大邑之負累者，乃降爲小邑；近官之不能者，乃遷爲遠官。”[③] 緣于此，初唐送别詩中便不乏送友人赴貶地的詩作。

其五，“漫遊”類。有唐一代文士或爲科舉功名，從而廣泛交遊、干謁社會名流；或爲增長個人的學識閱歷，而去熱情擁抱祖國的大好河川。基于此，漫遊成爲一時風氣。所以，送人漫遊詩是爲初唐送别詩的重要組成部分。

---

① 李肇：《唐國史補》卷下，上海：上海古籍出版社，1979 年，第 53 頁。

② 尚永亮：《唐五代逐臣與貶謫文學研究》，武漢：武漢大學出版社，2007 年，第 123 頁。

③ 王溥：《唐會要》卷六八《刺史上》，上海：上海古籍出版社，1991 年，第 1418 頁。

第二，政治、經濟、文化發達的地區不僅進入人次更多，而且進入動因亦更爲豐富多樣。就以上七大本土地域而言，巴蜀、江淮兩地屬政治、經濟、文化發展程度較高的地區；荆湘次之；北方邊塞、嶺南、河東、河北（山東之一）則最次之。因此，巴蜀、江淮兩地的進入人次分佔總人次的 1/4 與 1/5 的強勢地位，而且進入動因亦頗爲多樣化。但是，同是行人常至之所的北方邊塞地區，卻並不屬文化強勢地區。這是因爲此地的行人進入動因與巴蜀、江淮兩地相比，不僅更爲單一化，而且主要集中在“征戍”一類。“征戍”類動因以 15/17 的絶對優勢份額，拉動了此地的行人進入總數。荆湘，作爲政治、經濟、文化地位較巴蜀、江淮次之的地區，其進入總人次雖遠低于北方邊塞地區，但其行人進入動因類型亦較爲豐富且分佈均衡。再者，嶺南、河東、河北（山東之一）三大地域，作爲政治、經濟、文化地位比較弱勢的地區，其進入總人次既相對稀少，同時行人的進入動因類型亦甚單一。較爲突出的是嶺南地區，其進入人次總計僅爲 7 人次，且行人的進入動因亦僅爲“流貶”一類。

其一，巴蜀地區。巴蜀地區從西晉至隋朝，期間内部征戰不斷，使得蜀中經濟文化陷入了長期的凋敝階段。直到入唐以後，由于統治者對巴蜀軍事戰略地位的重視以及蜀地物産豐饒的認識，入蜀的交通得到改善，使得巴蜀不再是與外界近乎隔絶的閉塞邊地。因此，出使巴蜀人員之多應該是不揣多論的。由于唐代推行地方官本籍迴避制度，並承續了流貶官員于邊地的歷史傳統①，在客觀上促進了巴蜀地域的文士往來以及文化的交流，從而出現了“自古詩人皆入蜀”自初唐始的現象②。所以，入蜀動

① 據尚永亮先生統計，“初唐時期，貶官人次較多的，北方主要爲河南道(36)、河東道（35)，南方則主要是嶺南道（163)、劍南道（58)”，參尚永亮《唐五代逐臣與貶謫文學研究》，前引書，第 51 頁。

② 林靜：《初唐文士入蜀現象與詩歌關係研究》，北京大學博士學位論文，2013 年。

因中赴任、漫遊類佔了很大比重。而“流貶”這一入蜀動因，卻並没有在初唐送别詩中得到體現。再者，巴蜀作爲中國道教的發祥地之一，其宗教文化氛圍格外濃厚，諸多聞名天下的道士高僧來此地漫遊、投龍。綜上所述，在多種原因的合力推動下，巴蜀地區的經濟文化得到了全面的恢復和發展。陳子昂在《上蜀川軍事》裡即言：“國家富有巴蜀，是天府之藏。自隴右及河西諸州，軍國所資，郵驛所給，商旅莫不皆取于蜀。”①

其二，江淮地區。江淮是典型的南方水鄉，交通便利，自然環境優越，雖然遠離政治中心，但物産豐富，經濟繁榮。孟浩然則有詩句稱“山水尋吴越，風塵厭洛京”②，吴越的山水是失意文人最好的心靈慰藉。嚴耕望在談到江南的地域文化時云：“江左人文蔚盛，超過北方，南朝已然，于唐尤盛。”③ 江西，在唐爲江南西道東部區域，此地雖然襟帶江湖，交通位置便利，但在一般北方人的心中，仍屬于偏遠地區。就整體而觀之，江淮地區雖然距政治中心較遠，但由于其得天獨厚的自然和人文條件，這一地區成爲初唐文士、僧道等仕宦、漫遊較集中的地區。

其三，荆湘地區。雖然楚地文學在屈原和楚辭時一度輝煌燦爛，但“唐代前期，此地的人文環境頗受輕蔑”，“唐人普遍認爲湘中之地已稍嫌偏遠”④。這正與初唐送别詩中進入荆湘的行人總數相符。同時，至此地漫遊、奉公出使的人員，與入巴蜀、江淮地區相比，亦相去甚遠，明顯屬于政治、經濟、文化次一級的地區。

其四，北方邊塞地區。北方邊塞地區的經濟、文化與内地自

---

① 陳子昂：《上蜀川軍事》，陳子昂撰，徐鵬校點：《陳子昂集》卷八，上海：上海古籍出版社，2013年，第199頁。

② 孟浩然：《自洛之越》，《全唐詩》卷一六〇，第1655頁。

③ 嚴耕望：《唐代人文地理》，見《嚴耕望史學論文集》，上海：上海古籍出版社，2009年，第1450頁。

④ 張偉然：《唐人心目中的文化區域及地理意象》，前引書，第363頁。

是不能相提並論的。但是此地域卻有着頗爲重要的政治、軍事地位，是維護國家繁榮安定、和諧統一的首要戰略地域。因此，朝廷肯定會頻繁向此地派遣派備邊、護邊、從軍人員。再説，初唐士人追求建功立業的師功時代心態以及普遍具有的愛國之情，亦使得衆多士人奔赴北方邊塞地區奮勇沙場。

其五，嶺南、河東、河北（山東之一）。至于嶺南的地域文化，則爲中華文化的南界，“嶺南爲‘異域’、‘荒服’或者‘遐荒’，幾乎已成爲當時人的常識”，“以至當時度嶺的人往往産生一種‘去國’的情緒”[①]。故而，嶺南作爲文化弱勢區，來往于此地的人員亦相當有限。嶺南一地還是初唐時期朝廷流貶文士、官員的場所，尚永亮在唐五代“貶官之時期于地域分佈的定量分析”中説：“至如初唐至太宗、高宗、武后、中宗諸朝，貶地已以嶺南爲主；盛唐玄宗一朝，貶赴嶺南者高達 71 人次，遥遥領先于其他地域。”[②] 而初唐送别詩中行人進入嶺南的動因類型，正深刻地反映了這一歷史現象。河東，其地文化歸屬，時人普遍將其歸爲晉文化。由于其北臨塞，故而河東最引人矚目的文化特色是其人尚武尚勇精神。河東在初唐的地位，正如秦王李世民表中所稱：“太原王業所基，國之根本；河東富實，京邑所資；若舉而棄之，臣竊憤恨。”[③] 就河東的交通而言，蒲州—太原一線雖然是關中通往北方外番及河北諸鎮的交通要道；就經濟實力來講，由于河東人在經濟方面頗具進取心，所以其地亦較富實。但是，我們注意到，初唐送别詩中進入該地域的行人卻頗爲稀少。這在一定程度上，也説明僅以初唐送别詩作爲審視地域政治、經濟、文化的局限性。河北（山東之一）北部的文化歸屬爲燕趙，

① 張偉然：《唐人心目中的文化區域及地理意象》，前引書，第 317 頁。

② 尚永亮：《唐五代逐臣與貶謫文學研究》，前引書，第 54～55 頁。

③ 司馬光：《資治通鑑》卷一八七《唐紀三》“武德二年”下，北京：中華書局，1956 年，第 5868 頁。

其南部地區的文化歸屬爲魏。這一地域的文化深受遊牧文化和儒家文化的雙重影響，形成了引人注目的直摯耿介、任氣尚俠的風氣。初唐由于高宗和武后時，東北有與高麗、百濟、新羅、契丹、奚的戰爭，北方有與突厥的戰爭。因而，河北（山東之一）這一靠近北方邊塞的地域，文教難以立足，一般人也很少往來此地。

二、文士入地方詩的地域文化色彩

元人方回于王維《送梓州李使君》詩後，云："風土詩，多因送人之官及遠行，指言其方所習俗之異，清新雋永，唐人如此者極多。"[①] 可見，古人早已注意到了部分唐人送别詩着力描繪行人征途、所至地自然風光、風土習俗的現象。筆者通過細讀初唐送别詩文本，發現詩人在創作某些送别詩時，在藝術手法上往往傾向于運用遠行之人所至地的歷史文化典故；在内容上則或設想送别對象的征行情形、行旅路綫，或勾勒行人所至地的自然風光、人文地理與民風土俗。如張循之《送王汶宰江陰》一詩，則生動展示了江陰一地獨特的溫潤氣候與早市風俗。其詩云："郡北乘流去，花間竟日行。海魚朝滿市，江鳥夜喧城。讓酒非關病，援琴不在聲。應緣五斗米，數日滯淵明。"[②] 江陰作爲典型的江南魚米之鄉，定能讓去該地的赴任之官流連忘返。如送人入邊塞從戎詩，詩歌或多着筆墨于邊塞的戰事情況、邊塞風光，或以歷史上立下赫赫軍功的武將期之。舉如陳子昂的四首送人赴邊塞從戎詩：

① 方回選評，李慶甲集評校點：《瀛奎律髓匯評》卷四，上海：上海古籍出版社，1986年，第153頁。

② 張循之：《送王汶宰江陰》，《全唐詩》卷九九，第1061頁。

送别出塞

平生聞高義，書劍百夫雄。言登青雲去，非此白頭翁。胡兵屯塞下，漢騎屬一作入雲中。君爲白馬將，腰佩騂角弓。單于不敢射，天子佇深功。蜀山余方隱，良會何時同。①

送魏大從軍

匈奴猶未滅，魏絳復從戎。悵别三河道，言追六郡雄。雁山横代北，狐塞接雲中。勿使燕然上，惟留漢將功一作獨有漢臣功。②

送著作佐郎崔融等從梁王東征

金天方肅殺，白露始專征。王師非樂戰，之子慎佳兵。海氣侵南部，邊風掃北平。莫賣盧龍塞，歸邀麟閣名。③

和陸明府贈將軍重出塞

忽聞天上將，關塞重横行。始返樓蘭國，還向朔方城。黄金裝戰馬，白羽集神兵。星月開天陣，山川列地營。晚風吹畫角，春色耀飛旌。寧知班定遠，猶一作獨是一書生。④

在這四首送人赴邊塞詩中，《送别出塞》和《送魏大從軍》皆交代了行人遠赴邊塞從戎時的戰事情况：一者緣于“胡兵屯塞下”，一者基于“匈奴猶未滅”。而詩作中更多的是借描摹邊塞特有的物象，如“孤塞”、高山、險關、“海氣”、“邊風”、“畫角”，展現邊塞酷烈的地理環境與肆虐的自然力量，渲染出一種荒寒、悲壯的情感氛圍，從而與遠赴邊塞的英勇無畏、剛健有爲的昂揚

① 陳子昂：《送别出塞》，《全唐詩》卷八三，第 897 頁。
② 陳子昂：《送魏大從軍》，《全唐詩》卷八四，第 902 頁。
③ 陳子昂：《送著作佐郎崔融等從梁王東征》，《全唐詩》卷八四，第 904 頁。
④ 陳子昂：《和陸明府贈將軍重出塞》，《全唐詩》卷八四，第 909 頁。

氣勢相映照。同時，陳子昂的這四首送人赴邊塞的詩歌，皆傾向于用在歷史上立下汗馬功勞的武將，來比擬、激勵送別對象。具體而言：如在《送別出塞》中，詩人即以善戰的“白馬將軍”龐德[①]，來喻指赴邊塞之人。在《和陸明府贈將軍重出塞》中，詩人用善于用兵的“天上將”周亞夫，誇贊“陸明府”的神武智勇；尾聯又以投筆從戎的班超平寇立功，終乃封定遠侯的故事，鼓勵詩人要對自己立功邊塞的事業充滿信心。再者《送魏大從軍》，首聯起筆暗用西漢驃騎將軍霍去病“匈奴未滅，無以爲家”[②]的典故，贊譽“魏大”以天下爲己任的胸懷。次句活用魏絳以和戎之策消除變患的典故，並結合當前外敵進犯的境況，説明“魏大”從軍出戰是出于抵禦外敵的愛國行爲。尾聯以東漢名將車騎將軍竇憲“勒名燕然”[③]的典故，激勵“魏大”奮勇殺敵，建立不朽武功。而在《送著作佐郎崔融等從梁王東征》中，詩人結合當時東征原委以及部分邊將貪功邀賞、窮兵黷武的現象，遂巧用“不賣盧龍”和“麟閣”[④]的典故，期望崔融等人能像田疇那樣淡泊名利、輕功棄賞。

然而將這些送人入地方詩整體而觀之時，就會發現當這些送人入地方的詩歌中涉及地域文化時，則往往集中于某地域具有地標性的景觀，這樣就容易形成模式化的套路。如送人入荆湘詩，

① 《三國志·龐德傳》：“（他）常乘白馬，羽軍謂之白馬將軍，皆憚之。”見《三國志》卷一八《魏書十八》，北京：中華書局，1982年，第546頁。

② 《史記·衛將軍驃騎列傳》：“驃騎視之，對曰：‘匈奴未滅，無以家爲也。’”見《史記》卷一一一《衛將軍驃騎列傳第五十一》，北京：中華書局，1982年，第2939頁。

③ 《後漢書·和帝紀》載，永元元年，車騎將軍竇憲：“與北匈奴戰于稽落山，大破之，追至和渠比鞮海，竇憲遂登燕然山，刻石勒功而還。”見《後漢書》卷四《孝和孝殤帝紀第四》，北京：中華書局，1965年，第168頁。

④ 《三國志·田疇傳》載，曹操北征烏丸，田疇獻策，最終大敗烏丸。而論功行賞之際，他卻説：“豈可賣盧龍之塞，以易賞祿哉！從國私疇，疇獨不愧于心乎。”見《三國志》卷一一《魏書十一》，前引書，第344頁。

則言“雲夢澤”與“洞庭水”。如沈佺期送嚴凝出使荆湘時言“七澤雲夢林，三湘洞庭水”[①]；蘇頲送“李使君”前往郢州赴任時云“楚有章華臺，遥遥雲夢澤”。又如送人赴巴蜀詩，則常寫蜀道的艱危、九折阪的險峻。言蜀道者，如盧照鄰《送鄭司參入蜀》“潘年三十外，蜀道五千中”[②]；楊炯《送梓州周司功》“别後風清夜，思君蜀路難”[③]；宋之問《送田道士使蜀投龍》“蜀門峰勢斷，巴字水形連”，與《送楊六望赴金水》：“借問梁山道，嵚岑幾萬重”[④]；等等。言九折阪者，如駱賓王《送費六還蜀》“萬行流别淚，九折切驚魂”，其《餞鄭安陽入蜀》亦云“彭山折坂外，井絡少城隈”[⑤]。“金雁碧雞”作爲蜀中的歷史典故，亦常被寫入詩中。如宋之問《送趙司馬赴蜀州》“橋寒金雁落，林曙碧雞飛”[⑥]；陳子昂《送殷大入蜀》　“禺山金碧路，此地繞英靈”[⑦]。

然而，需要指出的是，並不是所有送人赴地方的詩歌中都會帶有地域文化色彩。如劉希夷《送友人之新豐》、盧照鄰《送二兄入蜀》、張九齡《送蘇主簿赴偃師》等，這些詩作皆僅着筆墨于别地之景、别時之情上，除了詩題，幾乎没有送别對象前往之地任何信息。就某些具有地域文化色彩的送别詩而言，詩中關于遠行之人所到地域的描繪亦只是點到則止，衆多送人赴地方詩只是將離别地與送别地的標誌性景觀相對舉，但是並没有鋪敘開來

① 沈佺期：《别侍御嚴凝》，《全唐詩》卷九五，第1018頁。

② 盧照鄰：《送鄭司參入蜀》，《全唐詩》卷四二，第529頁。

③ 楊炯：《送梓州周司功》，《全唐詩》卷五〇，第617頁。

④ 宋之問：《送田道士使蜀投龍》與《送楊六望赴金水》，分見《全唐詩》卷五二、卷五三，第639頁、第651頁。

⑤ 駱賓王：《送費六還蜀》與《餞鄭安陽入蜀》，分見《全唐詩》卷七八、卷七九，第843頁、第858頁。

⑥ 宋之問：《送趙司馬赴蜀州》，《全唐詩》卷五二，第639頁。

⑦ 陳子昂：《送殷大入蜀》，《全唐詩》卷八四，第902頁。

寫。初唐送別詩中，除了送人赴巴蜀、北方邊塞兩地的送別詩具有較濃厚的地域文化特色，送行人入荊湘、江淮、河北（山東之一）、河東等地區的送別詩中的地域文化色彩則不甚明顯。另一方面，從具有地域文化色彩的詩歌數量而言，巴蜀、北方邊塞兩地的亦遠超出其他地域。總體而言，初唐送別詩中的地域文化色彩還是較淡的，在這些詩歌中很少看到連篇累牘的應景式送別詩。而那種雖以送別爲題，卻在詩中大量展現地域景觀、風土習俗，強化寫景的送別詩，則在中唐以後成爲一種重要的創作傾向[①]。

① 李德輝：《唐宋時期館驛制度及其與文學之關係研究》，北京：人民文學出版社，2008年，第304頁。

第二章　初唐送别組詩研究

根據送别場合的不同，送别詩可分爲集體送别詩和個人送别詩。集體送别詩是君臣、同僚或朋友間在“宴集餞别”的特定場合下相互唱和而作的送别詩。在這種宴飲餞别的文人雅會上，臨别賦詩以贈自是題中之意，他們或“同題共作”或“探題分韻”，形成以餞别某對象爲中心的一組送别組詩。這一類送别組詩的形成主要源于唐人崇尚酬唱的風氣，在這種盛集文士、即席賦詩的唱和場合下，個人的情緒是不適合太過展露的。而在個人餞别的場合下，詩人噴薄而出的離愁别緒以及由眼前的離别而引發的人生慨歎，這些複雜微妙的人生感悟難以在一首詩歌中宣洩完結時，詩人就會借助組詩這種具有包容性和規模效應的組詩載體，來酣暢淋漓地抒别情、攄己懷。因此之故，送别詩中就有了一定數量的組詩。但正如朱東潤先生所説，“組詩這個名詞是近代開始運用的，古代并没有這個名詞”①。“組詩”只是我們爲了研究古代詩歌中某一類文體而提出來的一個術語。

要論述初唐送别詩中的組詩現象，首先必須弄清楚組詩的文體特徵是怎樣的。李正春《唐代組詩研究》從“組合”角度分析，認爲組詩文體特徵主要有四點：其一，詩題相同。“詩歌的標題相同，或一組詩歌擁有一個共同的標題，這是組詩最基本的表現形態。”其二，作者同一或數人。“組詩根據創作方式分爲個

① 朱東潤：《杜甫敘論》，北京：人民文學出版社，1981年，第162頁。

人獨作和多人合作兩種。”其三，創作時間、地點大體相同。其四，詩體基本相同。“詩體基本一致是組詩體制的常態。”但亦有包涵了不同體裁的作品的“異體組合”[①]。筆者即大體以此爲準，對《全唐詩》中的初唐送別組詩之創作格局進行了數據統計分析整理，檢得 41 組送別組詩，共計 120 首詩歌，幾乎佔了初唐送別詩的一半。由此可見，初唐送別組詩數量相當可觀，構成了初唐送別詩不可迴避的研究現象。本章擬從對初唐送別組詩的分類探討入手，進而深入研究不同類型送別組詩的創作規範和審美標準。

第一節　初唐送別組詩類型概述

組詩根據創作方式的不同可分爲個人獨立創作和多人合作兩種。其中，個人獨立創作的送別組詩，是詩人針對行人創作出的兩首以上的送別詩，其詩歌題式一般爲“送別（別/餞）×人×首”，“送別（別/餞）”前面爲附加的説明成分，大多爲送別的時節、地點之類。至于多人合作的送別組詩，大多則是宴集餞別時參與人群之間宴飲唱和的産物。下面，就結合對初唐送別組詩的數據統計，來對初唐送別組詩類型進行具體論述。

一、初唐送別組詩類型概況

第一類是由個人獨立創作的送別組詩。據《全唐詩》統計，書中共收錄了初唐 4 位詩人的 7 組獨立創作的送別組詩，共計 16 首。其分別爲：王勃的《江亭夜月送別二首》《別人四首》《秋江送別二首》；李嶠的《餞駱四二首》；陳子昂的《春夜別友人二首》；張説的《南中送北使二首》《嶺南送使二首》。可以看

① 李正春：《唐代組詩研究》，南京：鳳凰出版社，2011 年，第 319～320 頁。

出，初唐用組詩創作送别組詩的詩人僅是極個别的現象，其詩作數量也相當有限。又據逯欽立《先秦漢魏晉南北朝詩》[①] 統計，先秦漢魏晉南北朝用組詩創作送别詩的詩人僅 10 人，共 14 組 53 首[②]。經學界考訂，現存最早的由個人獨立創作的送别組詩爲曹植的《送應氏詩三首》和應瑒的《别詩二首》[③]。綜上所述，個人獨立創作送别組詩的現象雖自曹魏曹植、應瑒等人時已開始濫觴，但至初唐用組詩創作送别詩的詩人卻寥寥無幾，甚至自曹魏以來創作送别組詩的詩人亦屈指可數。第二類爲由多人合作的送别組詩。這一類型的送别組詩的參與者又可分爲由官方組織的和文人間私人性質的兩種。據《全唐詩》統計，初唐送别詩中的多人合作之送别組詩共計 34 組 104 首，其中屬官方組織的送别組詩共計 11 組 74 首，私人間私人性質的送别組詩共計 23 組 30 首。由此可見，由官方組織的送别組詩，構成了初唐送别組詩的主體。

關于送别組詩中由官方組織的集體送别詩興盛的原因，與唐代宫廷的集宴賦詩風尚以及帝王對文學的重視扶持有着密切的關係。胡震亨《唐音癸籤》卷二七在論及“有唐吟業之盛，導源有自”時，指出：“有唐吟業之盛，導源有自。文皇英姿間出，表麗縟于先程；玄宗材藝兼該，通風婉于時格。是用古體再變，律

---

① 逯欽立：《先秦漢魏晉南北朝詩》，北京：中華書局，1983 年。

② 先秦漢魏晉南北朝創作送别組詩的詩人及其詩作分别爲：1. 李陵《錄别詩二十一首》；2. 曹植《送應氏詩二首》；3. 應瑒《别詩二首》；4. 吳均《發湘州贈親故别詩三首》《酬聞人侍郎别詩三首》；5. 蕭子顯《春别詩四首》；6. 蕭綱《和蕭侍中子顯春别詩四首》；7. 蕭繹《别荆州吏民詩二首》《春别應令詩四首》《别詩二首》；8. 徐君蒨《别義陽郡二首》；9. 庾信《送周尚書弘正詩》二首、《重别周尚書詩二首》；10. 孔德紹《送蔡君知入蜀詩二首》。

③ 據逯欽立《先秦漢魏晉南北朝詩》，現存最早的由個人獨立創作的送别組詩爲李陵的《錄别詩二十一首》，但此組詩前人多懷疑是後人的僞作。經逯欽立考訂，李陵《錄别詩二十一首》係東漢末年靈、獻時的作品，見《逯欽立文存》，北京：中華書局，2010 年，第 9～19 頁。

調一新；朝野景從，謡習寖廣。重以德、宣諸主，天藻並工，賡歌時繼；上好下甚，風偃化移，固宜于喁徧于群倫，爽籟襲于異代矣。”同時，胡震亨在這裡還着重稱賞了中宗一朝和美的文學氛圍：“中間機紐，更在孝和一朝。于時文館既集多材，内庭又依奥主，遊讌以興其篇，奬賞以激其價。誰毖律宗，可遺功首？雖猥狎見譏，尤作興有屬者焉。”[①] 誠如所言，關于初唐送別組詩的繁榮，中宗及其周圍的文館學士的貢獻不可小覷。在宫廷這種盛集文士、宴飲唱和、即席賦詩的場合，産生了大量的送別唱和詩。又，《資治通鑑》卷二〇九載：“（景龍二年）夏四月，癸未，置修文館大學士四員，直學士八員，學士十二員，選公卿以下善爲文者李嶠等爲之。每遊幸禁苑，或宗戚宴集，學士無不畢從，賦詩屬和，使上官昭容第其甲乙，優者賜金帛。”[②] 誠如是言，中宗朝的修文館學士已經成爲專侍宫廷遊幸的文人。那麽，由此推之，以這些文館學士爲中心的宴集祖送活動，其十之八九是奉皇帝之命而爲的。易言之，在一定程度上可以説，宫廷集體送別組詩的唱和人群若悉數爲文館學士，那麽這次祖餞活動的組織就很有可能是官方性的。陳尚君《唐人編選詩歌總集序録》一文，考訂出有唐一朝送別集 12 種，其中初唐有兩種：一者爲《存撫集》，是爲則天朝天授中，中丞李嗣真等爲十道存撫使，杜審言、崔融、蘇味道等人的送別詩集。一者爲《白雲記》，是爲睿宗時，朝廷之士送司馬承禎還天台的“奉和”贈別詩[③]。除了已經結集的送別唱和送別詩集，《全唐詩》中還保留了大量的同題送別詩。

---

① 胡震亨：《唐音癸籤》卷二七《談叢業》，上海：上海古籍出版社，1981 年，第 281 頁。

② 司馬光：《資治通鑑》卷二〇九《唐紀二十五》，前引書，第 6622 頁。

③ 詳見陳尚君：《唐代文學叢考》，北京：中國社會科學出版社，1997 年，第 184～222 頁。

二、由多人合作的送別組詩略論

（一）由官方組織的集體送別詩

本書下面就對《全唐詩》中初唐送別組詩中屬官方組織者，簡而論之：

1. 永徽二年（651）至永徽三年（652）九月前，高宗和朝臣送中書侍郎來濟：高宗皇帝《餞中書侍郎來濟》[①]、許敬宗《奉和聖製送來濟應制》。

2. 咸亨四年（673）或五年（674）春，朝廷送越王赴相州刺史任，時朝臣有奉和餞別詩：劉祎之、張大安、李敬玄《奉和別越王》。

3. 朝廷送魯王赴荊楚刺史任，時朝臣有奉和餞別之作：李敬玄、楊思玄《奉和別魯王》。

4. 聖曆元年（698），武則天命李嶠等人在洛橋之東送司馬承禎遊天台。李嶠詩爲《送司馬先生》（卷六一），其詩云："蓬閣桃源兩處分，人間海上不相聞。"[②]《舊唐書·司馬承禎傳》："承禎嘗遍遊名山，乃止于天台山。則天聞其名，召至都，降手

① 關于此詩作者問題，歧説紛紜，大略有三：第一，《全唐詩》認爲是唐太宗或宋之問詩。《全唐詩》卷一錄作唐太宗詩，題下注："一作宋之問詩，非。"卷五二又錄作宋之問詩，題下注："一作太宗詩。"第二，歸爲太宗詩者：如《初學記》卷一一、《文苑英華》卷一七七、《唐音統籤》二《甲籤》二之二，以及佟培基《全唐詩重出誤收考》、傅璇琮主編《唐五代文學編年史》。第三，歸爲唐高宗詩者：如岑仲勉《讀全唐詩札記》、王仲鏞《唐詩紀事校箋》卷四。又彭慶生先生以《餞中書侍郎來濟》詩歸高宗，理由有三：其一，太宗朝來濟官中書舍人，品秩不高而他與太宗并無特殊關係，太宗不可能有詩贈予之。同時，太宗賜詩及歷次與侍臣唱和，均無來濟其人。其二，來濟官中書侍郎的永徽二年，宋之問尚未出生。其三，高宗與來濟關係密切，餞送之作自在情理之中。詳參彭慶生《初唐詩歌繫年考》，第80～81頁。今從。

② 李嶠：《送司馬先生》，《全唐詩》卷六一，第728頁。

敕以贊美之。及將還，敕麟台監李嶠餞之于洛橋之東。”[①] 又《全唐詩》卷五三有宋之問《送司馬道士遊天台》，其詩云：“蓬萊闕下長相億，桐柏山頭去不歸。”[②] 《全唐詩》卷八〇有薛曜《送道士入天台》，其云：“洛陽陌上多離别，蓬萊山下足波潮。”[③] 合而觀之，宋之問、薛曜二人詩中的餞行地點分别爲“蓬萊闕”“蓬萊山”，正與李嶠詩中的“蓬閣”相勾連，疑李、送、薛以上三詩即聖曆元年奉武則天命餞送司馬承禎遊天台詩。

5. 景龍二年（708）秋，諸學士送宋司馬赴許州司馬任。宋之問、李適、李乂、盧藏用、薛稷、馬懷素、徐堅 7 人作同題詩《餞許州宋司馬赴任》。

6. 景龍三年（709）二月八日，諸學士送弘景、道俊、玄奘還荆州。“《宋僧傳》卷二四《唐荆州白馬寺玄奘傳》：‘景龍三年二月八日，孝和帝于林光殿解齋，時諸學士同觀盛集。奘等告乞還鄉，詔賜御詩，諸學士大僚奉和。中書令李嶠詩云云。中書舍人李乂云云。更有諸公詩送，此不殫錄。’同書卷五《唐荆州玉泉寺恒景傳》：‘以景龍三年奏乞歸山，敕允其請，詔中書門下及學士于林光宮觀内道場設齋。……帝親賦詩，學士應和，即中書令李嶠、中書舍人李乂等數人。時景等捧詩振錫而行，天下榮之。’事又見同書卷八《唐荆州碧澗寺道俊傳》。恒景，即弘景，避宋諱也。見陳垣《釋氏疑年錄》卷四。”[④] 李嶠、李乂有奉和應制詩《送沙門弘景道俊玄奘還荆州應制》[⑤]。

7. 景龍三年八月十一日，中宗和諸學士等人遊望春宮，送

---

① 劉昫等：《舊唐書》卷一九二《列傳第一百四十三》，前引書，第 5127 頁。

② 宋之問：《送司馬道士遊天台》，《全唐詩》卷五三，第 657 頁。

③ 薛曜：《送道士入天台》，《全唐詩》卷八〇，第 868 頁。

④ 彭慶生：《初唐詩歌繫年考》，北京：北京大學出版社，2012 年，第 326 頁。

⑤ 李嶠《送沙門弘景道俊玄奘還荆州應制》題下注：“一作宋之問詩。”《全唐詩》卷五二又錄作宋之問詩，失注。據《宋高僧傳》卷二四《唐荆州白馬寺玄奘傳》，應爲李嶠詩。詳參佟培基《全唐詩重出誤收考》，第 35 頁。

朔方節度使張仁亶。《舊唐書·中宗本紀》云：景龍三年八月“乙未（十一日），親送朔方軍總管、韓國公張仁亶于通化門外，上製序賦詩”①。中宗詩及序皆佚。李嶠、劉憲②、李乂、蘇頲、鄭愔、李適 6 人應制“奉和”作《幸望春宫送朔方大總管張仁亶》。

8. 景龍三年秋，諸學士送唐貞休任永昌令：崔日用、閻朝隱、李適、劉憲、徐彦伯、李乂、薛稷、馬懷素、徐堅、沈佺期、武平一 11 人作《餞唐永昌》，又沈佺期《餞唐郎中洛陽令》亦爲同時餞送之作。

9. 景龍四年（710）二月一日，中宗率朝臣送金城公主和番。李嶠、崔湜、劉憲、張説、薛稷、閻朝隱、蘇頲、韋元旦、徐堅、崔日用③、鄭愔、李適、馬懷素、武平一、徐彦伯、唐遠悊、沈佺期 17 人“奉和”作《送金城公主適西番》。

10. 景龍四年三月二十七日，諸學士送李嶠赴東都祔廟。《唐詩紀事》卷九：“（景龍四年三月）二十七日，李嶠入都祔廟，徐彦伯等餞之，賦詩。”今《全唐詩》中僅存徐彦伯餞別詩《送特進李嶠入都祔廟》。

11. 景龍四年春，諸學士送高詢赴唐州刺史任。崔湜、韋元旦、蘇頲、徐彦伯、張説、李乂、盧藏用、岑羲、馬懷素 9 人作《餞唐州高使君（赴任）》，沈佺期詩題爲《餞高唐州詢》。

由上可知，《全唐詩》中初唐送別組詩中屬官方組織者共計 11 組，其中由中宗及其文館學士組織者就佔 7 組，這就進一步

① 劉昫等：《舊唐書》卷七《本紀第七》，前引書，第 148 頁。

② 劉憲《奉和聖製幸望春宫送朔方大總管張仁亶》，又作蕭至忠詩題爲《送張仁亶赴朔方應制》，《文苑英華》卷一七七、《唐詩紀事》卷九、《唐音統籤》卷六五、《唐音乙籤》卷七九將其歸爲劉憲詩。詳見佟培基《全唐詩重出誤收考》，第 51 頁。

③ 佟培基《全唐詩重出誤收考》（第 28 頁）云：“（崔日用）《奉和送金城公主適西番》又作趙彦昭，重出，雙注。……《英華》一七六載送金城公主應制詩十七首，此爲第十首，作崔日用，當依之。《紀事》一〇作崔。”

論證了初唐官方集體送別詩主要集中在中宗一朝的事實。同時，還可以看出中宗時期官方集體送別詩主要集中在景龍年間，修文館學士則是創作的主力。這一現象，與中宗朝的文館制度有着密切的關係。中宗朝，修文館幾乎聚集了當時所有的著名詩人，且其時修文館的政治職能多已喪失。諸學士成爲中宗及皇室的御用文人，頻繁參與宮廷組織的各種詩歌唱和活動。《新唐書・李適傳》對這一史實記載甚詳，云：

> 凡天子饗會遊豫，唯宰相及學士得從。春幸梨園，並渭水祓除，則賜細柳圈辟癘；夏宴蒲萄園，賜朱櫻；秋登慈恩浮圖，獻菊花酒稱壽；冬幸新豐，歷白鹿觀，上驪山，賜浴湯池，給香粉蘭澤；從行給翔麟馬、品官黄衣各一。帝有所感即賦詩，學士皆屬和。當時人所歆慕，然皆狎猥佻佞，忘君臣禮法，惟以文華取幸。①

（二）文人間私人唱和的集體送別詩

除了由官方組織的集體送別，文人間私人性的集體餞別也很頻繁。文人間的宴集祖送不僅會産生大量的"同題共作"送別詩，同時，或出于私人宴會的自由性、隨意性原因，文士們既可以即景賦詩贈別，亦可以古人詩爲題賦詩贈別，還可以分韻賦詩。與此同時，由于不同于官方祖送活動中參與人群的集中性，文人間的送別除了宴集餞別的，大多較零散。易言之，不同詩人在一段時間内就同一對象各自創作出的送別詩，雖説不是同時所作，甚至題目也稍有出入，但從詩歌内容可斷定這些詩歌爲同一時段共同送別某人赴某地的送別詩。這些詩作合集在一起亦可稱爲組詩，雖然就每一個詩人而言，其爲行人所作的送別詩只有一

① 歐陽修、宋祁：《新唐書》卷二〇二，北京：中華書局，1975 年，第 5748 頁。

首，因而不能獨立成組，但當他的詩與其他人的詩放在一起，或編入同一詩集，詩人從不同角度來吟咏離別一事，這數首或數十首詩歌便亦構成了一種特殊形態的組詩。本書下面就對《全唐詩》中初唐送別組詩中屬文人間者，簡而論之。

1. 蘇頲《餞趙尚書攝御史大夫赴朔方軍》（卷七四）；張説《送趙二尚書彦昭北伐》（卷八八）。《資治通鑑》卷二一〇：開元元年十月“己酉（十九日），以刑部尚書趙彦昭爲朔方道大總管”[①]。張詩云：“兵連紫塞路，將舉白雲司。”白雲司即刑部。説明趙彦昭赴朔方軍時，蘇頲、張説各有詩送之。

2. 張説《送蘇合宫頲》（卷八八）；宋之問《送合宫蘇明府頲》（卷五三）。《唐會要》卷七〇：“河南府河南縣，永昌元年，改爲合宫縣，以薛充構爲縣令。神龍元年正月，卻爲河南縣。二年十一月五日，又改爲合宫縣，以蘇頌[②]爲縣令。”[③] 張詩云：“都邑群方首，商泉舊俗訛。變風須愷悌，成化貯弦歌。”[④] 宋之問詩云：“神哭周南境，童歌渭北垂。”[⑤] 這裡的“商泉”“周南”即指合宫（洛陽）。可見，張、宋二詩即爲同時送蘇頲赴任之作。

3. 陳子昂《送著作佐郎崔融等從梁王東征並序》（卷八四）、杜審言《送崔融》（卷六二）。《舊唐書·則天皇后》：萬歲通天元年“五月，營州城傍契丹首領松漠都督李盡忠與其妻兄歸誠州刺史孫萬榮殺都督趙文翽，舉兵反，攻陷營州。……秋七月，命春官尚書、梁王三思爲安撫大使。”[⑥] 陳子昂《送著作佐郎崔融等

---

① 司馬光：《資治通鑑》卷二一〇《唐紀二十六》，前引書，第 6691 頁。

② 彭慶生《初唐詩歌繫年考》（第 303～304 頁）認爲蘇頌當爲蘇頲之誤，並通過將張、宋二人詩對讀，指出此二詩當作于神龍二年十一月上旬，頲自尚書部出爲合宫令。

③ 王溥：《唐會要》卷七〇《州縣改置上·河南道》，前引書，第 1477 頁。

④ 張説：《送蘇合宫頲》，《全唐詩》卷八八，第 965 頁。

⑤ 宋之問：《送合宫蘇明府頲》，《全唐詩》卷五三，第 651 頁。

⑥ 劉昫等：《舊唐書》卷六《本紀第六》，前引書，第 125 頁。

從梁王東征並序》："歲七月，軍出國門。天晶無雲，朔風清海。時比部郎中唐奉一、考功員外郎李迥秀、著作佐郎崔融，並參帷幕之賓，掌書記之任。燕南悵別，洛北思歡。"① 杜詩云："君王行出將，書記遠從征。祖帳連河闕，軍麾動洛城。"② 陳、杜二詩皆爲在洛陽送崔融以書記身份從梁王東征時所作。

4. 沈佺期《送友人任括州》（卷九五）、李適《送友人向恬（括）州》，王重民《補全唐詩》據敦煌遺書斯二七一七錄之。沈詩云："青春浩無際，白日乃遲遲。胡爲賞心客，嘆邁此芳時。甌粵迫兹守，京闕從此辭。"③ 知分別之地在京城，時令爲春。又李詩云："送君出京國，孤舟眇江汜。浮陽怨芳歲，况乃別行子。"④ 知李適詩中之時令、别地、目的地均與沈詩中相契合。又據彭慶生《初唐詩歌繫年考》，此"友人"疑爲郭山惲，景雲初因侍御史倪若水的劾奏，郭山惲貶爲括州刺史⑤。

5. 李嶠《餞薛大夫護邊》（卷六一）、張説《送李侍郎迥秀薛長史季昶同賦得水字》（卷八六）。"《新紀》：長安二年'三月丙戌，李迥秀安置山東軍馬，檢校武騎兵。庚寅，突厥寇并州，雍州長史薛季昶持節山東防禦大使以備之。'《通鑒》卷二〇七：長安二年'三月庚寅，突厥破石嶺，寇并州。以雍州長史薛季昶攝右台大夫，充山東防禦軍大使，滄、瀛、幽、易、恒、定等州諸軍皆受季昶節度。'李詩云：'荒隅時未通，副相下臨戎。'漢唐稱御史大夫爲副相或亞相，時薛季昶攝右臺大夫，故題稱'薛大夫'，詩稱'副相'。張詩云：'薛公善籌畫，李相威邊鄙。'據

① 陳子昂：《送著作佐郎崔融等從梁王東征並序》，《全唐詩》卷八四，第 904 頁。

② 杜審言：《送崔融》，《全唐詩》卷六二，第 733 頁。

③ 沈佺期：《送友人任括州》，《全唐詩》卷九五，第 1018 頁。

④ 李適：《送友人向恬（括）州》，《全唐詩》之《補全唐詩》，第 10302 頁。

⑤ 詳參彭慶生：《初唐詩歌繫年考》，前引書，2012 年，第 362 頁。

《舊紀》《新紀》，李迥秀于長安元年六月爲夏官侍郎、同鳳閣鸞臺平章事，故題稱‘李侍郎’，詩稱‘李相’。”①

6. 張説《送考功武員外學士使嵩山置舍利塔》（卷八六）②、徐堅《送考功武員外學士使嵩山置舍利塔歌》（卷一〇七）。二詩皆爲歌行體，爲送武平一使嵩山置舍利塔的同題共作送别詩。

7. 沈佺期《夏日都門送司馬員外逸客孫員外佺北征》（卷九七）、李乂《夏日都門送司馬員外逸客孫員外佺北征》（卷九二）。二詩詩體皆爲五言十二句，爲送司馬員外逸客孫員外佺北征的同題共作送别詩。

8. 宋之問《送杜審言》（卷五二）。據《全唐文》卷二一四陳子昂《送吉州杜司户審言序》：“杜司户炳靈翰林……群公嘉之，賦詩以贈，凡四十五人，具題爵里。”知送别杜審言時賦詩以贈者 45 人。今僅存宋之問詩一首。

筆者翻檢《全唐詩》發現，初盛唐送别詩中多探題分韻賦詩之作。這些集體送别詩是蓋同僚之間在“宴集餞别”的特定場合下相互唱和的産物。以常理論之，文人間這種“燕集祖送，探題分韻賦詩”會生産出大量的“探題分韻”贈别組詩。但《全唐詩》對這類送别組詩並没有悉數選録，而只是選擇性輯録了某一組詩中的一首。據《全唐詩》檢得初唐從詩題可斷爲“探題分韻”贈别組詩者見表 2－1：

① 彭慶生：《初唐詩歌繫年考》，前引書，第 273 頁。

② “置”《全唐詩》作“署”，此據《四部叢刊》本《張説之文集》卷六及岑仲勉《讀全唐詩札記》改。

表 2-1 初唐送别詩中“探題分韻”贈别組詩統計表

序號	詩人	詩題	創作時間	備註
1	盧照鄰	綿州官池贈别同賦灣字	乾封初①	從題目“同賦灣字”知，知此次餞别活動，定還有其他人
2	張九齡	送姚評事入蜀各賦一物得卜肆②	開元元年前在京任职时所作	從詩題“各賦一物得卜肆”知爲多人同時所作同題詩之一。惜其餘作品已佚
3		送竇校書見餞得雲中辨江樹③	景龍間	從詩題“餞得雲中辨江樹”，知爲多人筵餞所作同題詩之一。其餘同題詩已佚
4		餞濟陰梁明府各探一物得荷葉	開元元年前	從詩題“各探一物得荷葉”中“各探一物”，各人探取一物用作詩題。其餘同題詩已佚
5	駱賓王	送鄭少府入遼共賦俠客遠從戎	不詳	由詩題“共賦俠客遠從戎”知此詩爲送别組詩之一
6		秋日送侯四得彈字	可能作于詩人閑居齊魯中期	由詩題“得彈字”，知此詩爲分韻賦詩之一

① 祝尚書《盧照鄰集箋注》（增訂本，第597頁）“附録四盧照鄰年譜”將此詩繫于咸亨元年，無據。任國緒《盧照鄰集編年箋注》（哈爾濱：黑龍江人民出版社，1989年，第169～170頁）將之繫于盧照鄰奉使益州時作，云：“據詩中‘輶軒遵上國’句，繫奉使益州途經綿州作。”另外，從詩句“樽酒方無地，聯綣喜暫攀。離言欲贈策，高辯正連環”知顯爲奉使途中之作。今從任國緒之説。

② 《全唐詩》收録張九齡送别詩共22首，今依熊飛《張九齡集校注》（北京：中華書局，2008年）中繫年，輯得張九齡作于初唐的送别詩共7首。同時，此處張九齡初唐送别詩之繫年皆參考此書。

③ 詩題中“雲中辨江樹”出自謝朓《之宣城郡出新林浦向板橋》：“天際識歸舟，雲中辨江樹。”此是别筵上拈得的詩題。

續表 2—1

序號	詩人	詩題	創作時間	備　註
7	駱賓王	送王明府參選賦得鶴	可能作于詩人貶任臨海丞時	由詩題“賦得鶴”，知此詩可能爲送别組詩之一
8		别李嶠得勝字①	上元二年	由詩題“得勝字”知其爲送别組詩之一
9		送宋五之問得涼字	儀鳳四年、調露元年	由詩題“得涼字”知其爲送别組詩之一
10		送郭少府探得憂字	不詳	由詩題“得憂字”知其爲送别組詩之一
11		送魏兵曹使巂州得登字	長壽三年至聖曆元年	從詩題“得登字”，謂分韻賦詩，拈得“登”字爲韻，故知其爲送别組詩之一
12		春晦餞陶七于江南同用風字並序	聖曆二年	從詩題“同用風字並序”知其爲送别組詩之一
13	宋之問	春日鄭協律山亭陪宴餞鄭卿同用樓字	不詳	從詩題“同用樓字”，知其爲送别組詩之一
14	張説	同王僕射山亭餞岑廣武羲得言字	約長安二年	張説等人②
15	王捬	别故人賦得凌雲獨鶴	不詳	當爲宴餞上，文人之間分題所作送别詩。惜其餘詩皆不存

① 佟培基《全唐詩重出誤收考》(第54頁) 云：“《别李嶠得勝字》，後四句截爲絶句又作本人（駱賓王）《送别》，當删後題。”

② 從張説此詩詩題來看，張説等人同爲岑羲餞别，并分韻賦詩。同時張説另有序文《送廣武令岑羲序》，蓋此次餞行會上，張説等人分韻賦詩，并由張説作序送别。

第二節　初唐送别組詩的體裁特徵

宇文所安《初唐詩》在論及初唐送别詩時，不僅對初唐送别詩的地位作出了較高評價，且對初唐送别詩的詩體特徵作出了如下概括："五言律詩及其早期的'未完善'形式，是這一題材喜歡採用的詩體，其數量比其他所有詩體加起來還略多。送别詩的風格多種多樣，可以設想，送别場合越正規，送别對象的地位越高，詩歌風格也就越精緻。十分正規的送别詩則多用古詩或排律。"① 鑒于此，本書希望藉助初唐送别組詩的分類整理，從而對不同場合送别組詩的詩體特徵作一番統計分析。

一、初唐送别組詩的詩體特徵

據《全唐詩》統計，初唐由個人獨立創作的送别組詩的詩體特徵，分佈情況見表 2-2：

表 2-2　個人獨立創作的送别組詩的詩體分佈表

詩人	詩題	詩體	數量（首）
王勃	江亭夜月送别二首	五言四句	2
	别人四首	五言四句	4
	秋江送别二首	七言四句	2
李嶠	餞駱四二首	五言八句	2
陳子昂	春夜别友人二首	五言八句	2
張説	南中送北使二首	五言十句/五言二十句	1/1
	嶺南送使二首	五言四句	2

從表 2-2 可以看出，上述 4 位詩人的 7 組 16 首詩作，從體

① 宇文所安：《初唐詩》，前引書，第 227～228 頁。

裁上看，五言佔 14 首，七言僅佔 2 首，五言佔了絶對大的比例。再細而論之，從句法來看，五言四句佔 8 首，五言八句佔 4 首，五言十句和五言二十句各 1 首，七言四句 1 首。綜上所述，初唐由個人獨立創作的送別組詩的詩體多採用五言的形式。或由于考慮到組詩的規模效應以及送別詩情感抒發的類型性的雙重原因，這些送別組詩多短小精工之作，且多爲五言四句、五言八句的形式。當然也有特例，張説的《南中送北使二首》組詩，則分别爲五言十句和五言二十句形式。張説《南中送北使二首》的寫作目的正如其所言的"逢君入鄉縣，傳我念京周"，已不是單純的"君子贈之以言"，而是藉由歸京的使者將詩作轉給君主或當權者，向他們陳述自己的悲慘處境、申述自己的報國之志，甚至在詩中就某一政治事件，給統治者出謀劃策、表白心迹，希望統治者能够體諒、提攜他們。總體上而言，由個人獨立創作的送别詩，根據送别詩的内容可分爲以下兩種：一是就朋友離别之際，表達惜别、勸勉、激勵或者安慰之情的，如王勃的《江亭夜月送别二首》《别人四首》《秋江送别二首》，李嶠的《餞駱四二首》。二是借送别之機，將自己對生命的體認、對人生的思考等内容提煉後融貫到詩作中的，如張説的《嶺南送使二首》。這兩種送别組詩中的情感内涵層次較爲簡單，都是詩人在幾首由四句或八句體詩歌組合而成的詩歌中，能够較充分宣洩的。但若送别組詩的情感内涵較爲複雜曲折時，就需要採用古詩或排律這種體制較長的詩體來見心見志，如張説的《南中送北使二首》。

由多人創作完成的送别組詩，其詩體的分佈格局又是怎樣的呢？據《全唐詩》統計，由多人合作的初唐送别組詩的詩體分佈格局如下見表 2—3：

表 2—3　多人合作的初唐送別組詩的詩體分佈格局表

組詩類型		詩題							
		五言				七言		歌行	數量
		八句	十句	十二句	十四句	四句	八句		
官方組織者	餞中書侍郎來濟①						2		2
	奉和別越王	2							2
	奉和別魯王				2				2
	送司馬道士遊天台					3			3
	餞許州宋司馬赴任	7							7
	送沙門弘景道俊玄奘還荆州應制	2							2
	奉和幸望春宮送朔方總管張仁亶	2		4					6
	餞唐永昌	1				11			12
	奉和送金城公主適西番應制	17							17
	送特進李嶠入都祔廟		1						1
	餞唐州高使君	10							10
私人性文人間	餞趙尚書攝御史大夫赴朔方軍			2					2
	送蘇合宮頲			2					2
	送崔融	2							2
	送友人任括州			2					2
	送李侍郎迥秀薛長史季昶同賦得水字			2					2
	送考功武員外學士使嵩山置舍利塔歌							2	2
	夏日都門送司馬員外逸客孫員外佺北征			2					2

① 若組詩題目並非完全一致者，則僅錄其組詩中某一篇之詩題。

續表2－3

組詩類型		詩題							
		五　　言				七言		歌行	數量
		八句	十句	十二句	十四句	四句	八句		
	送杜審言	1							1
	别李嶠得勝字	1							1
	綿州官池贈别同賦灣字			1					1
	送姚評事入蜀各賦一物得卜肆	1							1
	送竇校書見餞得雲中辨江樹	1							1
	餞濟陰梁明府各探一物得荷葉	1							1
	送鄭少府入遼共賦俠客遠從戎	1							1
	秋日送侯四得彈字	1							1
	送王明府參選賦得鶴	1							1
	送宋五之問得涼字	1							1
	送郭少府探得憂字	1							1
	送魏兵曹使巂州得登字	1							1
	春晦餞陶七于江南同用風字並序	1							1
	同王僕射山亭餞岑廣武羲得言字	1							1
	别故人賦得凌雲獨鶴	1							1

從表2－3可知，初唐由多人合作的送别組詩共33組93首詩中，從詩歌體裁上看，五言詩佔77首，七言佔16首，歌行體佔2首，五言詩佔絶對優勢地位。具體而言，五言律詩及其早期的“未完善”形式，共計57首，佔3/5强的地位。正如宇文所

安所言：“五言律詩及其早期的‘未完善’形式，是這一題材喜歡採用的詩體，其數量比其他所有詩體加起來還略多。”① 又，八句以上的五言詩的分佈狀況爲：十句 1 首，十二句 15 首，十四句 2 首，共計 18 首。其佔五言形式的 1/5 左右。説明五言古詩或排律尤其是五言十二句形式，亦是文人創作送別組詩時喜歡採用的詩體。就七言形式而言，16 首七言詩中，七絶共計 14 首，七言八句僅 2 首。七言形式中，七絶佔了絶對大的比例。初唐由多人合作的送別組詩中張説和徐堅合作完成的《送考功武員外學士使嵩山置舍利塔》，則開創了用歌行體寫送別詩的先例。綜上所述，初唐由多人合作的送別組詩在詩體選擇上，則多集中在五言、七言以及歌行體上，尤以五言律詩爲多。

二、多人合作之送別組詩的體裁内涵

那麽，初唐由多人合作之送別組詩的這一分佈格局，其與當時的文學風貌或文學現象又有着怎樣的聯繫呢？在由官方組織的應酬性送別場合與文人間燕集餞别場合之間，詩人創作送別詩時，其詩體的運用又有何差異性？下面，筆者試圖帶着這些問題，通過對初唐送別組詩的這些差異性分佈格局的審視歸納，從一個側面揭示送別組詩文體的内部差異性以及這一文學現象背後隱藏的社會時代内容。下面分而論之。

五言律詩及其早期“未完善”形式，是初唐由文人合作之送別組詩採用最多的詩體，甚至超過了其他詩體數量的總和。這一現象，與五言律詩在初唐的地位有着莫大的關係。從齊永明年間，沈約等人對五言詩聲律形式的探討，經過初唐李嶠、杜審言、沈佺期、宋之問等宫廷詩人的完善，五言律詩的聲律形式在初唐後期逐漸成熟。關于此論斷，學界已對之進行過深入細緻的

① 宇文所安：《初唐詩》，前引書，第 227 頁。

探討，比較有影響的成果有郭紹虞《從永明體到律體》[①]、鄺健行《初唐五言律體律調完成過程之觀察》[②]、杜曉勤《從永明體到沈宋體——五言律體形成過程之考察》[③]、吳小平《永明聲律説·永明體·齊梁體·五言律詩的聲律形式》[④] 等。五言律詩還具有一般律詩的審美特質，即“它既能收又能放，收放有度，故而律詩能够在有限的言辭與篇幅中展現審美對象本質必然的無限豐富深廣的内容，包孕盡可能稠密的意藴，並使這有限的言辭與篇幅、使這種形式結構保持最富有暗示性的狀態，以引發欣賞者無有窮盡的、豐富多樣的審美感受”[⑤]。合而論之，律詩以其“能收又能放，收放有度”“能够在有限的言辭與篇幅中展現審美對象本質必然的無限豐富深廣的内容”等方面的藝術特質，理應成爲文人喜歡採用的詩體。而初唐，律詩的成熟形式只有五言律詩。故而，從文學體裁的演進歷程來説，五言律詩亦可能是初唐送别詩採用最多的詩體。由多人合作的送别組詩則多創作于集體唱和送别或“探題分韻賦詩”以贈的場合。正如辛文房所説：“凡唐人燕集祖送，必探題分韻賦詩，于衆中推一人擅場者。”[⑥]在這些即席賦詩的場合下，文人間總少不了詩藝的較量與品評。五言律詩，其聲律形式在初唐已基本確立，它的這一形式上的嚴格要求，就便于評定詩作之間的優劣。五言律詩的這一現實功用，亦當是初唐由文人合作送别組詩多採用五言律詩及其早期

① 收入郭紹虞：《照隅室古典文學論集》，上海：上海古籍出版社，1983年，第327～343頁。

② 載《唐代文學研究》第三輯，桂林：廣西師範大學出版社，1992年，第507～521頁。

③ 載《唐研究》第二卷，北京：北京大學出版社，1996年，第121～166頁。

④ 載《學人》第十四輯，南京：江蘇文藝出版社，1998年，第93～140頁。

⑤ 吳明賢，李天道編著：《唐人的詩歌理論》，成都：巴蜀書社，2006年，第199頁。

⑥ 傅璇琮主編：《唐才子傳校箋》第二册卷四“錢起”條下，北京：中華書局，1989年，第45頁。

“未完善”形式的一個重要原因。

又，五言古詩或排律尤其是五言十二句的排律，亦是初唐文人創作送別組詩時喜歡採用的詩體。筆者認爲，這一文學現象，可能與其時的科舉考試有一定關係。“唐代科舉考試中所試的詩是一種格律詩，後人稱之爲‘試律詩’或‘試帖詩’。除進士科外，制科中的博學宏詞科、詞藻宏麗科也考‘試律詩’。……從形式上看，唐代‘試律詩’百分之九十以上以五言六韻十二句的排律體爲主，絶大多數押平聲韻。”① 又，據傅璇琮考證，唐初幾十年進士考試的形式是“試策”，使用的文體則爲駢體文，以詩賦取士則是武后以後的事情②。由此觀之，若科舉考試中以詩賦取士的標準對初唐包括送別詩在内的詩歌體裁能够産生一定影響的話，則在時間段上亦應在武后朝以後。而考初唐由多人合作之送別組詩中的16首五言十二句詩作，除盧照鄰《綿州官池贈別同賦灣字》作于乾封初外，其他15首則皆作于初唐後期長安至開元初這段時間③。可能是出于平素爲備考“試律詩”而善作五言十二句詩體的原因，詩人在即興賦詩贈別的場合選擇這一詩體不失爲不錯的選擇。

就七言句式在初唐由文人合作的送別組詩中的分佈而言，其數量相對五言句式而言則非常稀少。並且在這有限的七言詩中，七絶佔了絶對大的比例，共計14首，而七言八句僅2首。但是我們須注意到，七絶的這一優勢地位，主要得益于中宗景龍三年文館學士所作的11首七絶同題詩《餞唐永昌》。易言之，初唐由文人合作送別組詩中的七絶主要出自中宗朝的宫廷文人。對于中宗朝這一詩體選擇風氣，葛曉音有言：“七絶的律化主要在宫廷

① 王兆鵬：《唐代科舉考試詩賦用韻研究》，濟南：齊魯書社，2004年，第4頁。

② 傅璇琮：《唐代科舉與文學》，前引書，第27頁。

③ 此12首詩歌的創作年代，參附録部分“初唐送別詩統計表”。

文人手裡完成。高宗時七絶罕見……此後到中宗神龍、景雲年間，七絶才突然增多，並成爲應制詩的重要體裁。這一時期七絶的特點首先是律化程度高……但凡在中宗朝廷任職者，幾乎都有一二首七絶，而不一定有五絶。”[①] 同時，葛曉音的這段論述亦在一定程度上解答了初唐由文人合作送別組詩中五絶僅 2 首的原因。至于初唐由文人合作送別組詩中的 2 首七言八句體，一爲《全唐詩》中署名唐太宗的《餞中書侍郎來濟》，一爲許敬宗的《奉和聖製送來濟應制》。嚴格説來，這兩首七言八句體詩歌都稱不上嚴格的七言律詩。尤其是許敬宗詩，頸聯、尾聯均失粘，後四句還算不上律句。另外一首，署名爲唐太宗詩者雖對仗嚴整，但亦不是完全合乎七言律詩聲律規則的詩作。這正與七言律詩在初唐的演進一致。初唐後期，七律的聲律規則尚處于探索之中，直到杜甫那裡，七言律詩才成熟起來。趙翼在《甌北詩話》卷十二中曾較詳細地論述過有唐一朝七言律詩的發展情況，其云：“就有唐而論，其始也，尚多習用古詩，不樂束縛于規行矩步中，即用律，亦多五言，而七言猶少；七言亦多絶句，而律詩猶少。故《李太白集》七律僅三首，《孟浩然集》七律僅二首，尚不專以此見長也。……少陵以窮愁寂寞之身藉詩遣日，于是七律益盡其變，不惟寫景，兼復寫情，不惟言情，兼復使典。七律之蹊徑，至是益大開。其後劉長卿、李義山、溫飛卿諸人愈工雕琢，盡其才于五十六字中，而七律遂爲高下通行之具，如日用飲食之不可離矣。”[②]

在初唐由文人合作之送別組詩中，還有 2 首歌行體詩，即張

① 葛曉音：《詩國高潮與盛唐文化》，北京：北京大學出版社，1998 年，第 366～367 頁。

② 趙翼：《甌北詩話》卷一二，霍松林、胡主佑校點，北京：人民文學出版社，1963 年，第 175～176 頁。

説的《送考功武員外學士使嵩山置舍利塔》（卷八六）[①] 和徐堅的《送考功武員外學士使嵩山置舍利塔歌》（卷一〇七）。這兩首詩作皆緣情而發，不失爲殷切真摯之作。這兩首詩的客觀景物描寫與主觀情志的抒發已高度和諧統一，已然是興象玲瓏、韻味深遠的送別佳作。這在一定程度上也爲盛唐詩人寫作歌行體送別詩積累了經驗。從其句式及篇幅來講，這兩首詩皆爲雜言歌行體，篇幅也相對短小。而至盛唐，張説、王維、李白、岑參、劉長卿、皇甫曾、杜甫等人共創作了二十多首“××歌送××”題式歌行體送別詩。就其體式而言，則呈現出以七言歌行體爲主而兼有雜言、六言歌行的形式。這裡，我們亦能看出盛唐送別詩對初唐送別詩的繼承與開拓之功。

再來看，在由官方組織的應酬性送別場合與文人間燕集餞別場合之間，詩人創作送別詩時，其詩體的運用又是怎樣的格局呢？據上文初唐“多人合作的初唐送別組詩的詩體分佈格局表”，我們對初唐時由官方組織的與文人間私人性的送別詩場合下，對詩體選擇的狀況作了進一步統計整理，如下：

表 2-4　私人性送別詩場合下的詩體選擇狀況

場合	詩體				
	五言		七言		歌行
	八句	八句以上	四句	八句	
官方	41	7	14	2	0
私人	16	11	0	0	2

由表 2-4 可知，初唐官方場合創作的送別組詩的詩體樣式要比文人間私人性場合的豐富得多。五言八句既是官方場合亦是

① “置”《全唐詩》作“署”，此據《四部叢刊》本《張説之文集》卷六及岑仲勉《讀全唐詩札記》改。

私下文人間合作送別組詩時選用最多的詩體。這一文學現象所反映的文學風貌，上文已有説明。具體而言，官方場合創作的送別組詩的詩體選擇主要集中在五言體和七言體，五言八句是其首要選擇，七言四句體亦是其重要選擇。至于五言八句以上、七言八句者，則寥寥無幾。再來看文人間私人性場合的詩歌體式選擇情况：與官方場合相比，相同之處在于都主要集中採用了五言形式，且五言八句是其首要選擇；差異之處在于文人間私人性場合竟無人選用官方場合的七言體詩。總而言之，五言八句及五言八句以上的律詩或古詩是文人間私人性餞别場合集中採用的詩體。而官方場合創作的送別組詩主要採用的是四句、八句古詩或律詩，而八句以上的古詩或排律則比較稀少。宇文所安在談及初唐送別詩的創作風格時，作出了一個構想："可以設想，送別場合越正規，送別對象的地位越高，詩歌風格也就越精緻。十分正規的送別詩則多用古詩或排律。"① 若此處的"正規的"是指場合的正規而言，那麽從上文對初唐由多人合作送別組詩的分場合統計分析來看，似乎其實際情况正與宇文所安的設想相左。

第三節　初唐多人合作之送別組詩的章法結構

元代詩評家楊載對歷代贈别詩的章法結構的特點，曾作過詳細的歸納分析："贈別之詩，當寫不忍之情，方見襟懷之厚。……凡送人多托酒以將意，寫一時之景以興懷，寓相勉之詞以致意。第一聯敘題意起。第二聯合説人事，或敘别，或議論。第三聯合説景，或帶思慕之情，或説事。第四聯合説何時再會，或囑托，或期望。于中二聯，或倒亂前説亦可，但不可重複，須

① 宇文所安：《初唐詩》，賈晉華譯，前引書，第 227～228 頁。

要次第。末句要有規警，意味淵永爲佳。”① 也就是説，“事、景、情”是送别詩的三要素，一般而言送别詩的章法結構就是這三要素的組合，只是“次第”不一而已。即席而賦、因事而成的交際應酬創作環境，及其離情别意的情感特徵，使得送别詩逐漸形成了固定的創作模式。下面，則對初唐多人合作之送别組詩的章法結構，按照其創作場合分而論之。

一、官方場合下送别組詩的章法結構及其内涵

不管是宫廷官方性質的還是文人間私人性的多人合作送别組詩，模式化詩作都佔了很大比重。特别是那些宫廷應制送别組詩，一方面由于受到内容的限制和形式格律的雙重約束：一方面在創作上又要兼顧帝王和行人兩方面，“在這種場合下的‘同題共作’是難以展現詩人們的個性和他們各自擁有的獨特藝術的真實面貌的”②。

宇文所安曾對初唐送别詩的創作特色歸納道：“後來唐代送别詩的許多慣例發展于680至710的三十年間。三部式在這類詩中十分明顯。與宴會詩一樣，送别詩開頭的最普遍方式是一般的描寫場面。”③ 這裡所言“三部式”，即“首先是開頭部分，通常用兩句詩介紹事件。接着是可延伸的中間部分，由描寫對偶句組成。最後部分是詩篇的‘旨意’，或是個人願望、感情的插入，或是巧妙的主意，或是某種使前面的描寫頓生光彩的結論。有時結尾兩句僅描寫事件的結束”④，即首聯點明送别之義，或説明

① 楊載：《詩法家數》，見何文焕《歷代詩話》，北京：中華書局，1981年，第733～734頁。

② 程千帆、莫礪鋒、張宏生：《被開拓的詩世界》，上海：上海古籍出版社，1990年，第146頁。

③ 宇文所安：《初唐詩》，賈晉華譯，前引書，第228頁。

④ 宇文所安：《初唐詩》，賈晉華譯，前引書，第183～184頁。

餞行之緣由，或點明地點和時序，或將出發地與目的地相對舉，或設想目的地的光景。中間兩聯通常是對離别之地景物的描寫或對旅程所見之景、所到之地景物的設想。尾聯或期之再會，或勉之以功成名就，或結之以離愁别緒。初唐帶有官方組織性質的宮廷文人合作送别組詩，無論其詩體爲律詩還是古詩，大多都不離此“三部式”結構。幾乎所有的律詩及其早期“未完善”形式，都採用了這種固定模式。試以劉祎之、李敬玄、張大安的“奉和”送别組詩《奉和别越王》論之：

劉禕之

周屏辭金殿，梁驂整玉珂。管聲依折柳，琴韻動流波。鶴蓋分陰促，龍軒别念多。延襟小山路，還起大風歌。①

李敬玄

飛蓋回蘭阪，宸襟佇柏梁。别館分涇渭，歸路指衡漳。關山通曙色，林籞遍春光。帝念紆千里，詞波照五潢。②

張大安

盛藩資右戚，連蕚重皇情。離襟愴睢苑，分途指鄴城。麗日開芳甸，佳氣積神京。何時驂駕入，還見謁承明。③

劉祎之詩首二句點明送别地點，並以“梁驂整玉珂”引出離别場景，中間四句繼而鋪敘離别場面，末尾二句以“大風歌”的典故寄予“越王”，期望他能像漢高祖劉邦一樣功成名就地歸來。李敬玄詩首二句亦是點明送别地點；接下來兩句“别館分涇渭，歸路指衡漳”，將分别與目的地對舉，進而摹寫旅途所見之景；末二句“帝念紆千里，詞波照五潢”，描寫高宗與“越王”之間的依依惜别之情，順帶對此次宴集餞别的文辭之盛美言一番。張

① 劉祎之：《奉和别越王》，《全唐詩》卷四四，第542頁。
② 李敬玄：《奉和别越王》，《全唐詩》卷四四，第544頁。
③ 張大安：《奉和别越王》，《全唐詩》卷四四，第544頁。

大安詩首二句“盛藩資右戚，連萼重皇情”，闡明此次燕集餞別“越王”之緣由；接下來兩句，繼而説明分別的地點和行人所到目的地；“麗日開芳甸，佳氣積神京”，轉到對分別地景色的描摹上；最後兩句“何時驂駕入，還見謁承明”，正是對遠行之人的期望與囑托，希望行人能够早日歸來。以上三首宫廷應制詩皆爲典型的“三部式”結構模式。

至若由官方組織的文人合作送別組詩中的詩體爲四句者，則亦是對“三部式”的一種套用，只是省去了頸聯和尾聯部分。如聖曆元年（698），司馬承禎歸天台，薛曜、宋之問、李嶠奉武則天敕餞之于洛橋東，三人均作七絶相送。薛曜與李嶠詩首二句分別爲“洛陽陌上多離別，蓬萊山下足波潮”“蓬閣桃源兩處分，人間海上不相聞”，其中“蓬萊山”和“桃源”皆指天台，薛李二詩開頭二句皆爲將送別地與目的地對舉從而概述離別之事的模式。宋之問詩首二句爲“羽客笙歌此地違，離筵數處白雲飛”則着筆于“離筵”場景的刻畫上。而三人詩的後兩句，皆表達了與司馬先生依依惜別以及希望再會的情感。

由官方組織的文人合作送別組詩中的詩體爲八句以上者，“三部式”亦是其章法結構的主導。這些詩則是以更多的聯句來詳盡描寫分別場面、送別對象、送別過程甚或大篇幅地設想行人旅途征行的情景。試以李乂五言十二句《奉和幸望春宫送朔方軍大總管張仁亶》詩與李適五言八句“同題共作”詩相比較，簡論之：

李　乂

邊郊草具腓，河塞有兵機。上宰調梅寄，元戎細柳威。武貔東道出，鷹隼北庭飛。玉匣謀中野，金輿下太微。投醪銜餞酌，緝衮事征衣。勿謂公孫老，行聞奏凱歸。①

① 李乂：《奉和幸望春宫送朔方軍大總管張仁亶》，《全唐詩》卷九二，第995頁。

李　適

地限驕南牧，天臨餞北征。解衣延寵命，橫劍總威名。豹略恭宸旨，雄文動睿情。坐觀膜拜入，朝夕受降城。[1]

李乂、李適二詩首二句都是對餞别原因的交代，結尾兩句，一言“勿謂公孫老，行聞奏凱歸”，一言“坐观膜拜入，朝夕受降城”，皆爲對即將出塞護邊的張仁亶的祝願之辭，期之以凱旋、建功立業之語。李乂詩中間八句，自“上宰調梅寄，元戎細柳威”至“投醪銜餞酌，緝衮事征衣”，先寫餞行人員之多、場面之大，繼而以“細柳”之典稱贊張仁亶的軍事才能。接着四句，想象行人沿路征行的情景，隨後場景又轉换至眼前的餞行場面，行人已整裝待發。然而，李適詩中間兩聯僅爲餞行場面的多角度描寫：行人領命即將踏上征程，中宗賦詩爲之餞别，朝臣賡和取悦。綜上所述，李乂與李適二詩的章法結構大致相同，只是李乂詩以十二句的長篇幅將“三部式”的中間部分鋪述得更爲詳盡而已。

二、私人場合下送别組詩的章法結構及其内涵

與此同時，初唐私人性場合文人間合作送别組詩的章法結構，則因其創作群體的廣闊性、多樣性、非貴族性，呈現出豐富性特點。因這類群體多沉淪下僚、身世飄零、仕途坎坷之人，他們對生活有了更爲真實、深刻的體驗，故而在送别友人、同僚離開時，所作之詩歌則既含依依惜别之情，又藴藏着時代之思、身世之感。我們從這些詩作中不僅能體味到詩人與其友人間的真摯情感，亦能管窺詩人的政治態度與人格魅力。由于相對于官方場合來講，詩人在私人性的場合能够從束縛、拘牽中擺脱出來，真率地袒露自我的性情、胸襟、志向，真實地揭示時代社會現實，

[1] 李適：《奉和幸望春宫送朔方軍大總管張仁亶》，卷七〇，第 776 頁。

所以，這類詩作中就頗多見性見情又富有紀實性的佳作。而我們知道，文學作品的形式與内容有着相互聯繫、相互制約的關係。私人性場合詩作内容的充實、豐富性與情感的真摯懇切融爲一體，使得詩歌的表現形式亦豐富多樣起來，而不再拘泥于“三部式”的固有模式化創作。試舉盧照鄰《綿州官池贈别同賦灣字》爲例論之：

> 輶軒遵上國，仙佩下靈一作雲關。尊酒方無地，聯綣喜暫攀。離言欲贈策，高辨正連環。野徑浮雲斷，荒池春草斑。殘花落古樹，度鳥入澄灣。欲敘他鄉别，幽谷有綿蠻。①

盧照鄰此詩的章法結構爲：首二句“輶軒遵上國，仙佩下靈關”，言自己從京城出使蜀地，爲綿州的這次餞别埋下伏筆。接下來兩句“尊酒方無地，聯綣喜暫攀”，意謂行途中舟車勞頓無處宴飲，幸遇在此地暫時稍住供奉盛餞。繼而引出席間友人間難捨難分、離别贈言的分别場面。詩人此時没有繼續着筆墨于友人間執手臨别、黯然銷魂的套路，而是把筆鋒轉向郊野的景色勾勒上，以“浮雲”飄散與“春草”連綴滿池塘相對，“殘花”凋落與“度鳥”歸巢相比照，將自己的無限悵惘别情融入對景物的描寫中，情與景會，創作出興象玲瓏、情景交融的境界。結尾二句“欲敘他鄉别，幽谷有綿蠻”，詩人似乎已經被周圍的景色感染，就將他鄉餞别的濃濃愁緒寄寓幽谷中的“綿蠻”，結之以景。可以看出，盧照鄰此詩的脈絡爲先回憶過去，隨後轉至眼前的離别場面，接着遥想旅途所見之景象，出現了多個空間的轉換。這就不同于一般的“三部式”中以現在的時間順序爲敘述起點的模式。

① 盧照鄰：《綿州官池贈别同賦灣字》，《全唐詩》卷四二，第529頁。

尤值得注意的是，私下場合文人間合作的送别組詩中，那些大量甚至全篇幅運用比興手法創作的送别詩，從其章法結構來講則大多不是“三部式”模式，而更多爲“起興之景＋離别之情”的模式。這類詩作，從詩題來看，主要爲：以古人詩句爲題賦詩贈别的“送/别/餞××得/共賦（古人某一詩句）”題式，與即景即興賦詩贈别“送/别/餞××各賦/探一物得某物”或“送/别/餞××賦得某物”題式。前者如張九齡的《送竇校書見餞得雲中辨江樹》，全詩可分爲兩部分，前面四句“江水天連色，無涯淨野氛。微明岸傍樹，淩亂渚前雲”悉爲離别之地景色的勾勒；後四句“舉棹形徐轉，登艫意漸分。渺茫從此去，空復惜離群”則從細節描寫着手，轉到離情的抒發。後者如張九齡的《餞濟陰梁明府各探一物得荷葉》詩前六句，“荷葉生幽渚，芳華信在兹。朝朝空此地，采采欲因誰。但恐星霜改，還將蒲稗衰”[1]，是對題中所探之物“荷葉”的多角度描寫與稱贊，以“荷葉”的高潔品質來比遠行之人，稱贊與勉勵中又兼激勵惕示之意；結尾二句“懷君美人别，聊以贈心期”始由寫景轉至抒發離情。

① 張九齡《錢濟陰梁明府各探一物得荷葉》，《全唐詩》卷四八，第589頁。

第三章　初唐送别詩的藝術特質

第一節　初唐送别詩的詩題特徵

根據送别詩的創作方式，初唐送别詩的詩題大致可以分爲以下兩類：第一類，文人間因個人送别行爲而單獨創作的送别詩；第二類，集體送别唱和創作的“同題共作”詩，包括有皇帝參與的“奉和”“應制”類、文人間的“同題共作”、探題分韻賦詩之作。這些送别詩的製題方式，不僅體現了不同的寫作目的，亦是對詩歌創作旨意與緣起的一種高度凝練的概括。吳承學曾對唐人送别詩的詩題，特别是其中的“留别詩與贈别詩”類，做過深入細緻的研究。他説：“在敘述創作旨意和緣起方面，唐人詩題用語比六朝詩題更爲精切入微，如離别一類詩中，就有很多不同術語，如‘宴别’、‘贈别’、‘送别’、‘餞别’、‘寄别’、‘留别’等，以之區别各種不同的離别形態。如‘留别’是詩人將離開此地，留詩而告别主人之意，而‘贈别’則是詩人贈詩而送别他人離開此地之意。”① 筆者擬沿着吳承學的研究路線，在對初唐送别詩的詩題進行分類歸納的基礎上，對之加以區分辨析，進而深入領會初唐送别詩的製題特點。

① 吳承學：《中國古代文體形態研究》，廣州：中山大學出版社，2000 年，第 72～73 頁。

一、個人送別詩的詩題特徵

初唐個人送別詩，按送別方式又可分爲“送別”“留別”“贈別”“餞別”“宴別”等類型。同時，從詩題來看，既有以同一首詩歌同送兩人或兩人以上行人者，亦有作兩首或兩首以上送別組詩送別同一人者。前者如李嶠《送沙門弘景道俊玄奘還荆州應制》，爲同時送別弘景、道俊、玄奘三人還荆州時作的一首送別詩。後者如李嶠《餞駱四二首》，作于駱賓王奉使江南時，李嶠爲之餞別。下面擬具體論之：

（一）“送別”“餞別”題式

初唐送別詩中直接以《送別》作爲詩題的，僅四首，説明這種簡短的詩題在送別詩中僅僅是個別現象。這類送别詩大多没有明確的送別對象及對其行旅的描述，而是着重形象化描寫離別事件本身，着力于運用比興、象徵等手法創作出情景交融的情感氛圍，將離別之情娓娓道來。這些詩作因其離別場景的概括性和經典性，反而更能够感動激發人意。如陳子良的《送別》，以物喻人，言征人夫婦間，猶如落葉，聚而復散；征夫猶如征禽，有去無回；棄婦窮途而泣。將千古閨怨情寫得含蘊深長、韻味無窮。又如李百藥的《送別》，詩人將常見的河梁惜別之情融化在周圍孤寂、清幽、凄遠的秋夜中，情景交融渾然天成而含蘊深遠。然而，初唐送別詩除了單以“送別”命篇的，更多的則是在詩題中省略“别”字，而在“送”字前交代送别的時令、地點等或在“送”字後加上餞行對象、行人所至地、行旅性質等内容。

在“送別”或“送”字前交代送别時令、地點等限定詞語者，在初唐送別詩的題式中亦是屈指可數的，其分佈如下：(1) 在“送（送別)”前冠以時令或以時令與地點並舉的，如楊炯《夜送趙縱》，王勃《秋江送別二首》《江亭夜月送別二首》，駱賓王《秋日送別》，沈佺期《夏日梁王席送張岐州》，劉希夷

《洛中晴月送殷四入關》。此類詩題比單以“送別”爲題者，顯得更具審美情調，“夜”“夜月”“秋江”“洛中晴月”等意象氛圍，在詩題上就爲詩歌籠罩上一層清淡、幽遠的詩境。此類詩歌的内容亦多是圍繞題中之時令，創作出興象玲瓏詩境的佳作。(2) 在“送（别）”前冠以地點的，如駱賓王《于易水送人》，陳子昂《登薊丘樓送賈兵曹入都》《登薊城西北樓送崔著作融入都並序》，張説《新都南亭送郭元振盧崇道》①《嶺南送使》《南中送北使二首》《嶺南送使二首》，沈佺期《李舍人山園送龐邵》，韋述《廣陵送别宋員外佐越州鄭舍人還京》，盧崇道《新都南亭别郭大元振》②，胡皓《奉天田明府席餞别》，盧照鄰《大劍送别劉右史》，宋之問《宋公宅送寧諫議》。此類詩題中的樓、亭、園、宅等是送别詩中常見的地點，其中的“亭”更是常見的意象。同時，題中之地點大多是具有一定歷史内涵的，如“易水”“薊丘樓”“嶺南”等。這些有着特殊内涵的地點，總能引起無限詩情。(3) 在“送（别）”前作其他交代者，僅盧照鄰《西使兼送孟學士南遊》、杜審言《泛舟送鄭卿入京》兩首。

在“送（别）”字後加上餞行對象、行人所至地、行旅性質等内容者，佔了初唐送别詩較大比例。在題式上，其通常的格式爲“送××之（歸、還、赴、入、使、遊、適、任）××地”。如，盧照鄰《送梓州高參軍還京》《送幽州陳參軍赴任寄呈鄉曲父老》《送鄭司倉入蜀》，張九齡《送蘇主簿赴偃師》，宋之問《送田道士使蜀投龍》《送姚侍御出使江東》，李嶠《送光禄劉主

---

① 《全唐詩》卷一一三作盧崇道詩，題爲《新都南亭别郭大元振》。按《紀事》卷十三作盧詩。《全唐詩重出誤收考》：“可能此詩初附張説集，後人將盧崇道三字並入詩題，遂誤。”應爲盧崇道詩。詳見彭慶生《初唐詩歌繫年考》，第 228～229 頁。

② 《全唐詩》卷八六作張説詩，題爲《新都南亭送郭大元振盧崇道》。按《紀事》卷十三作盧詩。《全唐詩重出誤收考》：“可能此詩初附張説集，後人將盧崇道三字並入詩題，遂誤。”應爲盧崇道詩。詳見彭慶生《初唐詩歌繫年考》，第 228～229 頁。

簿之洛》，駱賓王《送吳七遊蜀》，張説《送李問政河北簡兵》《送宋休遠之蜀任》，張循之《送泉州李使君之任》[1] 等。從這些詩題中我們可以看出，餞行對象的具體身份如官職、郡望、行第以及行旅的性質如赴任、出使、漫遊、簡兵、出塞，通常都在詩題上有所反映。但也有例外者，或僅交代餞別對象的簡要身份，或僅交代旅行性質。前者如陳子昂《送梁李二明府》，後者如陳子昂《送別出塞》。其中詩題爲“送地名＋人名”題式者，有的雖然從詩題看不出行人所至地的信息，但是從詩意的人文地理還是能够判斷其行旅的大致方向；有的則從詩題和詩意都很難揣測到更多關于那次送別事件的信息。前者如陳子昂的《送梁李二明府》，從詩題和詩意都無從知道“梁李二明府”的郡望與官署以及送別地點與目的地的任何相關信息。後者如沈佺期的《送喬隨州侃》，雖從詩題看不出其行旅的至所，但其詩有云：“拜恩前後人，從宦差池起。今爾歸漢東，明珠報知己。”而“漢東”即隨州，《通典》卷一七七“漢東郡”條下：“隨州，春秋隨侯之國。《左傳》曰：‘漢東之國隨爲大。’其後屬韓。秦、二漢，並屬南陽郡。……大唐併爲隨州，或爲漢東郡。領縣四。”[2] 從詩歌内容，就可以推知喬隨州侃的目的地即隨州。

又，初唐送別詩中亦有大量的“××餞（餞別）××”題式的個人獨立創作的送別詩。如王勃《白下驛餞唐少府》《羈遊餞別》，駱賓王《餞鄭安陽入蜀》，劉希夷《餞李秀才赴舉》，蘇頲《餞澤州盧使君赴任》《餞荆州崔司馬》，可知其題式大致與“送別”題式相類，可在“餞（餞別）”前冠以地點、旅行性質等内容，或在其後加上餞別對象、旅行目的地等信息。又據段玉裁

① 張循之《送泉州李使君之任》又作包何詩，且題下有注云“一作送李使君赴泉州”。詳見佟培基《全唐詩重出誤收考》，第 65 頁。

② 杜佑：《通典》，王文錦等點校，卷一七七《州郡七・漢東郡》，北京：中華書局，1988 年，第 4677 頁。

《説文解字注》對“餞”的釋義“送去食也”注解云：“各本少食字。今依《左傳》音義補。《毛傳》曰：‘祖而舍軷，飲酒于其側曰餞。’”① 故依段玉裁所言，蓋“餞别”與一般送别相比，其送别活動中必須包括飲酒的環節。而從現存的最早一部詩文總集《文選》來看，《文選》卷二〇“祖餞”類詩歌下所選的七題八首詩之詩題則没有以“餞（餞别）”題式者。也就是説，以“餞（餞别）”名篇的贈别诗的诗歌内容不一定会写到饮酒的场景，而那些“送别”題式的送别詩亦有可能是作于文人間燕集餞别的場合。前者如蘇頲《餞郢州李使君》詩，其詩歌内容中，並没有涉及任何飲酒宴集的場面。後者如張謂的《送李著作倅杭州》云：“祖筵開霽景，征陌直朝光。”從詩意來看，李倅赴杭州刺史任時，張謂等人亦爲之設筵餞别。無論個人送别還是集體送别，古人在送别之際都有設筵餞别、臨别贈言的習俗，當此之時對酒當歌、吟詩作賦，歌以送酒、唱詩送别是士人詩意生活的題中之義。由此言之，“宴别”應當是生活中比較常見的送别方式。

（二）“留别”“贈别”題式

初唐送别詩中無直接以“留别”爲題的送别之作，而且詩題中標有“留别”的也僅有三首。其分别爲宋之問《留别之望舍弟》，崔融《留别杜審言并呈洛中舊遊》，張循之《婺州留别鄧使君》②。從詩題來看，以上三首詩歌都標示了詩歌的留别對象。其中張循之詩還指示了送别事件發生的地域。另外，張説的《盧巴驛聞張御史張判官欲到不得待留贈之》，其詩題中的“留贈”

---

① 許慎撰，段玉裁注：《説文解字注·五篇下·倉部》，上海：上海古籍出版社，1988年，第221頁。

② 張循之《婺州留别鄧使君》又作包何詩。郁賢皓《唐刺史考》云，建中時婺州刺史有鄧珽，疑即此人。包何約卒于建中初，當與之有交往，而張循之在則天武后時被誅，故此詩必爲包何作。且《文苑英華》卷二八七作包何詩。詳見佟培基《全唐詩重出誤收考》，第65～66頁。

與“留别”的含義大同小異。從詩歌的創作來看，二者小有差異：“而所謂‘留别’就在于留言詩而别。其詩應是作于離别之前或離别之時，是詩人離開朋友之前應該‘留’下來的。”[①] 而“留贈”之作，則可能作于詩人未與朋友碰面的情况下，如張説的《盧巴驛聞張御史張判官欲到不得待留贈之》。易言之，“留贈”之作實際上並非作于當面的離别場合。

初唐送别詩中含有“贈别”字樣的，僅四首，其分别爲盧照鄰《還京贈别》《綿州官池贈别同賦灣字》，陳子昂《贈别冀侍御崔司儀並序》，張鷟《答文成贈别》。從詩歌題式來看，較長的“贈别”類詩題則是在“贈别”前加上分别緣由、地點等，或在後面冠以贈别對象。其中盧照鄰的《綿州官池贈别同賦灣字》，蓋文人燕集餞别時的分韻賦詩之作。張鷟的《答文成贈别》，應爲張鷟與“文成”之間的贈答酬唱之作。張鷟與之分别時，“文成”贈詩送别，張鷟遂作此詩回贈。因此，僅盧照鄰《還京贈别》與陳子昂《贈别冀侍御崔司儀並序》爲個人送别場合詩人單獨創作的送别詩。

若以詩人在離别時的身份而論，“贈别”類詩題的詩作究竟是贈詩送别之作還是贈詩留别之作呢？吴承學曾對“留别詩與贈别詩”作過歸納研究，他的最終結論爲：“總之，在唐詩中，‘留别’與‘贈别’通常是相對的離别詩類型。‘留别’是留詩而告别，‘贈别’是贈詩而送别。這可以説是唐詩製題的一種通例。”[②] 然而，此種情况只是較大體而言者，亦有少數贈别詩爲“留詩而告别”者。許智銀在他的《唐代送别詩的題式》中也注意到了這一現象：“應該注意的是，‘贈别’類題式的詩，有的爲‘居人’所作，有的爲‘去者’所作，有的從詩題中即可看出，

① 吴承學：《中國古代文體形態研究》，前引書，第 89 頁。
② 吴承學：《中國古代文體形態研究》，前引書，第 91 頁。

有的卻要通過分析內容才可確定。"[1] 如盧照鄰的《還京贈別》，從詩題來看，題中就有"因爲'我'將要還京，故而作詩相贈"之意。又，再聯繫詩歌的背景而言，陶敏、傅璇琮《唐五代文學編年史·初盛唐卷》云："(咸亨二年) 冬，駱賓王、楊炯、盧照鄰、王勃在長安，均以文章有盛名，同參選補，裴行儉評之。"[2] 又祝尚書《盧照鄰年譜》云盧照鄰："(咸亨二年辛未) 約在春末夏初歸長安。"[3] 由此推之，盧照鄰《還京贈別》則很有可能作于其咸亨二年 (671) 自蜀中前往長安參加典選途經成都時。而其詩尾聯云："一去仙橋道，還望錦城遥。"這裡的"仙橋"即昇仙橋，《華陽國志》卷三《蜀志》："城北十里有昇仙橋，有送客觀。司馬相如初入長安，題其門曰：'不乘赤車駟馬，不過汝下'也。"[4] 盧照鄰引用司馬相如題字昇仙橋的典故，正與他入京參選和蜀中故友分別時的心理境遇相契合。説明盧照鄰《還京贈別》確繫他咸亨二年入京參選留別蜀中故友之贈詩。

(三)"××别××"題式

大多數"××別××"題式是在"別"前加上時間、季節、地點、分別緣由，或在其後綴以行人身份、行旅方向，或"別"字前後都有所加信息。在前指明時間或季節的，如褚亮《晚別樂記室彦》，王勃《秋日別王長史》，陳子昂《春夜別友人二首》。在前指明地點的，如宋之問《漢江宴別》《端州別袁侍郎》《湖中別鑒上人》。在前指明分別緣由的，如陳子昂的《落第西還別劉

---

① 許智銀：《唐代送別詩的題式》，《山西大學學報》(社會科學版) 2007 年第 1 期。

② 陶敏、傅璇琮：《唐五代文學編年史·初盛唐卷》，前引書，第 217 頁。

③ 盧照鄰著，祝尚書箋注：《盧照鄰集箋注》(增訂本) 附錄四《盧照鄰年譜》，前引書，第 567 頁。

④ 常璩撰，任乃強校注：《華陽國志校補圖注》，卷三《蜀志》，上海：上海古籍出版社，1987 年，第 152 頁。

祭酒高明府》和《落第西還别魏四懔》。而在“别”字前後都加上送别相關信息的佔大多數，上面所舉的《晚别樂記室彦》《秋日别王長史》《春夜别友人二首》等皆是，又如盧崇道《新都南亭别郭大元振》，張説《南中别蔣五岑向青州》《南中别陳七李十》等。

然而，“××别××”題式的詩，以離别時詩人的身份來講，有的可能是“居者”所作，有的可能是“行人”所作，還有的只是對離别場面或情感的吟咏。如宋之問《渡吴江别王長史》《端州别袁侍郎》[①]，陳子昂《落第西還别劉祭酒高明府》《落第西還别魏四懔》《春夜别友人二首》，張説《南中别陳七李十》，嚴嶷《别宋侍御》，法琳《别毛明素》，道會《别三輔諸僧》，鄭蜀賓《别親朋》[②]，以上所舉十首詩歌皆爲“行人”所作的别詩。其中有的可從詩題直接看出來，如陳子昂《落第西還别劉祭酒高明府》《落第西還别魏四懔》，而更多的是需要結合詩歌内容和背景知識才能解讀出來的。如張説《南中别陳七李十》，詩云“請君聊駐馬，看我轉征蓬”，很顯然是張説作爲遠行之人的别詩。又如，道會《别三輔諸僧》，其詩云：“去住俱爲客，分悲損性情。共作無期别，誰能訪死生？”[③] 可見，從詩題與詩内容都不能判斷此詩是“居人”還是“行人”詩。對于此詩的創作背景，《續高僧傳》卷二四《釋道會傳》記載道：“釋道會，姓史，犍爲武陽人。初出家，住益州嚴遠寺。……武皇登遐，入京朝覲，因與法琳師同修《辯正》。有安州暠師，在蜀弘講，人有嫉者，表奏

---

① “據嚴耕望《唐僕尚丞郎表》，武后、中宗朝無袁姓侍郎，當誤。袁侍御：袁守一，中宗朝官監察御史，以附宗楚客流端州。……宗楚客景龍四年六月被殺，袁守一流端州當在其時。”轉引自陶敏、易淑瓊校注《沈佺期宋之問集校注》（北京：中華書局，2001 年），第 554 頁。

② 題注云：“《唐新語》云：‘蜀賓老爲江左一尉，親朋餞于上東門，賦詩，酒酣自咏聲調哀戚，竟卒于官。’”

③ 道會：《别三輔諸僧》，《全唐詩》卷八〇八，第 9200 頁。

云云。……會覘侯消息，遂被拘執，身雖在獄，言笑如常。……事釋還鄉，三輔名僧送出郭門，會與諸遠僧別詩曰（云云）。”①所以，道會的《別三輔諸僧》當爲行人的别詩。

還有的“××别××”題式的詩，則可能是“居人”所作的别詩。如王勃《别人四首》，張説《南中别蔣五岑向青州》《南中别王陵成崇》《别平一師》，沈佺期《别侍御嚴凝》。以上五題八首詩歌從其詩題中，皆不能確定其到底是“居人”還是“行人”别詩。大多數詩歌則從詩意即可判定，如王勃的《别人四首》之二，其詩云：“送君南浦外，還望將如何。”顯而易見，此組詩是王勃送别友人的别詩。再如，張説的《南中别蔣五岑向青州》，從詩中“此中逢故友，彼地送還鄉。願作楓林一作江楓葉，隨君度洛陽”，知此詩爲張説貶欽州時，送别友人往青州的别詩。

亦有一些“××别××”題式的詩，從其詩題與詩意及其相關背景知識，我們很難判斷詩人離别時的身份。如褚亮《晚别樂記室彦》、宋之問《湖中别鑒上人》、王勃《秋日别王長史》、張説《端州别高六戩》、張鷟《别崔瓊英》等。試舉王勃《秋日别王長史》簡論之：

> 别路餘一作長千里，深恩重百年。正悲西候日，更動北梁一作京篇。野色籠寒霧，山光斂暮煙。終知難再奉，懷德自潸然。②

詩歌首聯點明離别的主題以及對“王長史”的感恩戴德；頷聯揭示離别的時間與地點；頸聯爲對别地景物的摹寫，以“寒霧”及“暮煙”渲染出晦暗、凄冷的情感氛圍，以哀景襯哀情；尾聯詩人直接抒情，申述對友人的感激之情與惜别之意。其詩歌

① 釋道宣.《續高僧傳》卷二四，《大正新修大藏經》第50册，臺北：佛陀教育基金會出版社，1990年，第642頁。

② 王勃：《秋日别王長史》，《全唐詩》卷五六，第679頁。

内容大略爲對别情别景的吟咏，卻無從知曉當此之時，詩人的身份是“行人”還是“居人”。

二、集體送别詩的詩題特徵

初唐送别詩的集體送别詩，根據送别活動的組織者的社會性質，又可分爲官方集體送别和私人性集體送别。在集體餞别的場合，文人間集體賦詩贈别當是其時的社會風尚。于是，就産生了大量的“同題共作”詩或“分題”詩。無論是官方性質還是私人性質的集體送别場合所創作的同題詩，就單篇而言，其詩題亦有一部分與個人送别詩的詩題别無二致。如景龍三年，崔日用、閻朝隱、李適、劉憲等修文館學士餞唐永昌赴任洛陽令時，就創作了十首同題《餞唐永昌》（其中李適之詩題作《餞唐永昌赴東都》）的送别詩。但集體送别詩中的“奉和”“應制”類題式與探題分韻類詩題，則是個人送别詩中所没有的。故此處擬僅對集體送别詩中以上兩類特出的詩題加以説明。

（一）“奉和”“應制”“奉和……應制”題式

此類題式的集體送别詩，初唐共有六組三十一首。其主要集中在高宗和中宗景龍年間。對于這一現象的緣由，前文已有相關論述，故而兹不贅言。詩歌具體分佈情况爲，高宗朝：許敬宗《奉和聖製送來濟應制》，劉祎之、張大安、李敬玄三人的同題詩《奉和别越王》，李敬玄、楊思玄二人的同題詩《奉和别魯王》。中宗朝：（1）景龍三年二月八日李嶠、李乂有奉和應制同題詩《送沙門弘景道俊玄奘還荆州應制》[1]。（2）景龍三年八月十一日

[1] 李嶠《送沙門弘景道俊玄奘還荆州應制》題下注：“一作宋之問詩。”《全唐詩》卷五二又錄作宋之問詩，失注。據《宋高僧傳》卷二四《唐荆州白馬寺玄奘傳》，應爲李嶠詩。《文苑英華》卷一七七亦載李嶠、李乂此兩首送别詩，而無他人之作，可互爲佐證。詳參佟培基《全唐詩重出誤收考》，第35頁。

李嶠、劉憲[①]、李乂、蘇頲、鄭愔、李適六人應制唱和作同題詩《奉和幸望春宫送朔方大總管張仁亶》。(3)景龍四年二月一日，中宗率朝臣送金城公主和番，李嶠、崔湜、劉憲、張説、薛稷、閻朝隱、蘇頲、韋元旦、徐堅、崔日用[②]、鄭愔、李適、馬懷素、武平一、徐彦伯、唐遠悊、沈佺期十七人“奉和”作《送金城公主適西番》詩。其中，崔日用詩題爲《奉和送金城公主適西番》；張説詩題爲《奉和聖製送金城公主適西番應制》；沈佺期詩題爲《送金城公主適西番應制》；武平一詩題爲《送金城公主適西番》；鄭愔詩題作《送金城公主適西番應制》；劉憲詩題爲《奉和送金城公主入西番應制》；崔湜、李嶠、閻朝隱、韋元旦、唐遠悊、李適、蘇頲、徐彦伯、薛稷、馬懷素、徐堅十一人作同題詩《奉和送金城公主適西番應制》。綜上所述，這種由皇帝親自製詩，群臣唱和賦詩贈别的集體送别詩，其題式大多數爲“奉和(聖製)+個人送别詩詩題”，或“個人送别詩詩題+應制”，或“奉和(聖製)+個人送别詩詩題+應制”。

(二)“得(賦、探得、用)×字/古人某一詩句/某物”題式

在盛集文士、即席賦詩的餞别宴上，文士間多有酬唱應答、作文撰賦、題吟賽詩的雅興。正如元人辛文房所概括的“凡唐人燕集祖送，必探題分韻賦詩，于衆中推一人擅場者”[③]。其詩題

① 劉憲《奉和聖製幸望春宫送朔方大總管張仁亶》詩，又作蕭至忠詩題爲《送張仁亶赴朔方應制》，《文苑英華》卷一七七、《唐詩紀事》卷九、《唐音統籤》卷六五、《唐音乙籤》卷七九將其歸爲劉憲詩。詳見佟培基《全唐詩重出誤收考》，第51頁。

② 佟培基《全唐詩重出誤收考》(第28頁)云：“(崔日用)《奉和送金城公主適西番》又作趙彦昭，重出，雙注。……《英華》一七六載送金城公主應制詩十七首，此爲第十首，作崔日用，當依之。《紀事》一〇作崔。”

③ 傅璇琮主編：《唐才子傳校箋》第二册，卷四“錢起”條下，北京：中華書局，1989年，第45頁。

一般有三種。(1) 分韻賦詩之作:“送/别/餞××同賦(用)×字”或“送/别/餞××得(探得)×字”題式。(2) 以古人詩句爲題賦詩贈别:“送/别/餞××得/共賦(古人某一詩句)”題式。(3) 即景即興賦詩贈别:“送/别/餞××各賦/探一物得某物”或“送/别/餞××賦得某物”題式。第一類,如盧照鄰《綿州官池贈别同賦灣字》,駱賓王《秋日送侯四得彈字》《送宋五之問得涼字》《送郭少府探得憂字》《送魏兵曹使巂州得登字》《春晦餞陶七于江南同用風字並序》,張説《同王僕射山亭餞岑廣武羲得言字》。第二類,如張九齡《送竇校書見餞得雲中辨江樹》,詩題中“雲中辨江樹”出自謝朓《之宣城郡出新林浦向板橋》:“天際識歸舟,雲中辨江樹。”此是别筵上拈得的詩題。又如駱賓王的《送鄭少府入遼共賦俠客遠從戎》,餞席上以古人詩“俠客遠從戎”爲題賦詩贈别。第三類,如張九齡《送姚評事入蜀各賦一物得卜肆》,駱賓王《送王明府參選賦得鶴》,王捬《别故人賦得凌雲獨鶴》。

然而,以上這種“分題”“賦得”式詩題,並不是初唐送别詩的新創,而是承續齊梁的製題方式而來。吴承學曾在《詩題與詩序》一文中,梳理過這兩種製題方式的發生、發展過程:“六朝還出現一些特殊的製題新方式,反映出當時詩歌創作的新習氣。如分題,所謂‘分題’是指若干詩人相會,分探得題目以賦詩,亦稱探題,嚴羽《滄浪詩話·詩體》列有‘分題’,並説:‘古人分題,或各賦一物,如云送某人分題得某物也。或曰探題。’這種分題的風氣大約始于南齊,王融、沈約、虞炎與謝朓等人在宴席上,分别以座上所見之物爲題而賦詩,此後分題詩便盛行起來。……齊梁以後還大量出現‘賦得’式的詩題,詩人開始以古人詩句爲題。……從齊梁開始的這種以古句命題的方式,至唐代遂成爲科舉試士詩的一體，試官以古人詩句或某物爲題。”① 同時，最早論及有唐一代此類題式的送別詩之興盛以及其盛行的緣由，應爲明人宋濂。他在其《題越士餞行卷後》中云：

> 古之人送別，多發爲聲詩，以致期望、祝規之意，而唐爲尤盛。然其爲辭托物以喻，蓋得夫比興之義爲多。故有以所送人姓氏、古今事而命題者，如釋皎然《餞顔逸得晉先傳》是已；有即景比物而造題者，如劉商《送別而月下聞蛩、王符《別故人得凌雲獨鶴》是已；有同賦古人詩以爲題者；如駱賓王《送少府入遼共賦俠客遠從戎》、劉斌《送劉散員賦得好鳥鳴高枝》是已；有以故迹而分題者，如盧綸《送楊宗德歸徐州幕得彭祖樓》、郎士元《送李惠遊吴得長洲苑》是已；有各探一物而遂作題者，如張九齡《餞梁明府得荷葉》、何苞《送孟儒卿得秤》（筆者按：《全唐詩》作包何詩，題爲《賦得秤送孟孺卿》）、錢起《送客得油席帽》是已。②

值得注意的是，從初唐送別詩的詩題來看，既有送某一人前往某地而臨別贈言的，亦有同時爲兩人或兩人以上的行人餞行賦詩的情況。這種同時爲多人餞別的詩題，大多數是將這些人的名字並列在詩題中。如陳子昂《送梁李二明府》《贈別冀侍御崔司議並序》，張説《南中別陳七李十》《南中別王陵成崇》，李乂和沈佺期的同題詩《夏日都門送司馬員外逸客孫員外佺北征》，韋述《廣陵送別送員外佐越州鄭舍人還京》，等等。同時，至初唐送別詩的交際功能不斷增強，在一定程度上逐漸成了聯絡感情、

① 吴承學：《中國古代文體形態研究》，前引書，第 71~72 頁。

② 宋濂：《題越士餞行卷後》，見羅月霞主編《宋濂全集·宋學士先生文集輯補》，杭州：浙江古籍出版社，1999 年，第 2087 頁。

增進友誼的工具。如陳子昂《送著作佐郎等從梁王東征序》云："抗手何言，賦詩以贈。"又其《贈別冀侍御崔司議序》云："我心愁然，請以此酣。寄謝諸子，爲巴山別引也。"詩人將以《贈別冀侍御崔司儀》詩爲《巴山別引》，寄謝諸友。李乂《送沙門弘景道俊玄奘還荆州應制》詩云："初日承歸旨，秋風起贈言。"初唐送別詩的這種交際功能反映在詩題上，則是在詩題中加上"並呈""寄呈"等字樣。如崔融《留別杜審言並呈洛中舊遊》、盧照鄰《送幽州陳參軍赴任寄呈鄉曲父老》。盧照鄰詩的旨意不在抒發離別之情，而是讓赴故鄉任的陳參軍充當自己的信使，將詩人自身的近況以及對故鄉的無限眷念之情悉並説給"鄉曲父老"們。隨着送別詩交際功能的不斷增強，自初唐而降，送別詩中出現更多的"以詩代箋"，以一首送別詩分送幾人的情況。其在詩題上的投射則是表現爲"兼寄""兼示""兼（並）呈""因寄"等題式送別詩的大量出現。

第二節　初唐送別詩的分類研究

元人楊載《詩法家數》有云："贈別之詩，當寫不忍之情，方見襟懷之厚。然亦有數等，如別征戍，則寫死別，而勉之努力效忠；送人遠遊，則寫不忍別，而勉之及時早回；送人仕宦，則寫喜別，而勉之憂國恤民，或訴已窮居而望其薦拔，如杜公惟待吹噓送上天之説是也。"[①] 説明，送別詩中被送對象的遠行動因，勢必會在一定程度上影響到詩歌的基調與藝術構思。但是，我們還需注意到，創作主體面對同一事件或事物，則因其境遇和性情的不同，進而有可能使得同一主題内容的詩歌呈現出不同的藝術風貌。易言之，儘管被送之人的遠行動因一樣，但是詩人所作的

① 楊載：《詩法家數》，何文煥輯《歷代詩話》，前引書，第733頁。

送别或留别詩作，卻大多呈現出不同的藝術風貌。這一方面是因爲創作主體的個人性情、審美趣尚、審美心態的差異性，一方面則是緣于遠行之人的身份、地位以及與被送之人的親疏關係的不同。基于此，本書欲以《全唐詩》中的初唐送别詩爲基礎，繼而對詩中被送對象遠行動因作一量化分析，試圖梳理初唐送别詩的類型特徵。與此同時，針對某一類送别詩，又主要從抒情主體與被送者具體情况着手，希望深入挖掘初唐送别詩的藝術特質。

根據對“初唐送别詩統計表”中所列初唐送别詩中行人遠行動因的考證，除去50人次不知其具體遠行動因之外，可以考知其具體遠行動因的共有132人次。結合前文對行人遠行動因的辨析，初唐送别詩中行人遠行動因可以列出以下幾類：赴任、流貶、漫遊、出使、還鄉、征戍、應召、科考、和番、省親、投龍、居官秩滿、搜集圖書、入都祔廟、拜訪、隱逸、徭役、接取家室共計十八類。初唐送别詩中行人遠行動因，具體分佈見表3－1（因考慮篇幅，故遠行動因低于5人次的則不作統計）：

表3－1　初唐送别詩中行人遠行動因統計表

—	赴任	漫遊	出使	征戍	還鄉	流貶
數量（人次）	29	23	22	15	13	10
所佔比例（%）	21.97	17.42	16.67	11.36	9.85	7.58

總結上述，可以發現初唐送别詩中行人遠行的動因，主要爲赴任、漫遊、出使、征戍、還鄉、流貶六類。故本書將扼要梳理以上六類送别詩的基本特質及其内部的個性化藝術風貌。

一、送人赴任類

這類送别詩在内容、意象以及情感基調上，都有一些與其他類送别詩相迥異的特點。内容上，這類送别詩則更多地將筆墨集中在對赴任之人才識學養的稱譽和對其政績、前程的展望方面。有的在申述一番離情別意後，繼以祝願、期許之語作結。舉如，“定知和氏璧，遥掩玉輪輝”[①]；“明年徵拜入，荆玉不藏諸”[②]；“貯聞敷善政，邦國咏惟康”[③]；“餘邑政成何足貴，因君取則四方同”[④]。有的前半部分先説被送之人是如何德高才備，後半部分則順次展望其政績、前程。如李乂的《餞唐永昌》，詩云：“田郎才貌出咸京，潘子文華向洛城。願以深心留善政，當令强項謝高名。”[⑤] 前兩句以東漢美男子田鳳和西晉才子潘岳比擬唐永昌，因而後兩句則順理成章地轉移到對唐永昌秉公執法、除暴安良政績的展望上。再如，張説的《送蘇合宫頲》，其詩前四句先言行人前往爲官之地舊有的風俗須待改進，然而改變這一現象則需和樂簡易之君子；接下來的四句，“疇昔珪璋友，雍容文雅多。振纓遊省闥，鏘玉宰京河”，贊譽蘇頲孺子風流、政績顯赫；繼而，緊接着前文的鋪墊，設想蘇頲爲官之地一片安寧和樂的場景；最後兩句，雖轉向眼下餞别場面的描繪，仍暗含對行人的祝願之意。其他如蘇頲《餞荆州司馬》、駱賓王《餞鄭安陽入蜀》、張説《送喬安邑備》等，這些詩歌在藝術構思方面皆是先稱譽赴任之人，然後展望其政績與前程，詩歌脈絡層層遞進。但也有例外者，如幾首早期宫廷應制送别詩：劉祎之、張大安、李敬玄三人送“越王”赴相州刺史任的同題奉和詩《奉和别越王》，李敬玄、楊思玄兩人的同題奉和詩《奉和别魯王》，皆將描寫的重點放在離别之景、别離之情方面。

同時，詩人在寫作此類送人赴任送别詩時，在意象選擇上亦

① 宋之問：《送趙司馬赴蜀州》，《全唐詩》卷五二，第 639 頁。
② 蘇頲：《餞荆州崔司馬》，《全唐詩》卷七三，第 800 頁。
③ 張謂：《送李著作倅杭州》，《全唐詩》卷一一〇，第 1130 頁。
④ 沈佺期：《餞唐永昌》，《全唐詩》卷九七，第 1050 頁。
⑤ 李乂：《餞唐永昌》，《全唐詩》卷九二，第 997 頁。

表現出一些共性。其中，較爲特出者就是常以“黄鶴”“黄鵠”“凫”“雁（燕）”等意象來喻指赴任之人。如宋之問《送武進鄭明府》詩謂行人：“北謝蒼龍去，南隨黄鵠飛。”[①] 駱賓王《餞鄭安陽入蜀》則云：“魂將離鶴遠，思逐斷猿哀。唯有雙凫舄，飛去復飛來。”[②] 此詩更爲體現這類詩歌的意象特點。再如徐堅《餞許州宋司馬赴任》中“辭燕依空繞，賓鴻入聽哀”[③]，以“辭雁”喻“宋司馬”。至于這其中的美學内涵，許智銀在《唐代送别詩的飛禽意象》一文中將其解讀爲：“送别詩中的燕、鵠、鶴、鴻、雁等飛禽特稱意象，以其靈動的生命情態和吉祥高貴的象徵給讀者以具體明晰的圖景。鳥意象作爲總稱意象在送别詩中以其概括性、含糊性給讀者帶來更大空間的想象聯想自由。兩者共同構成了送别詩的一道獨特風景，引人矚目。”[④] 故本書于此，不再贅述。

至若此類送别詩的情感基調，雖總體説來是昂揚明朗的，但其具體情態又是紛繁複雜的。這主要緣于兩方面的原因：一方面抒情主體的主觀情思、審美趣尚、審美心態以及與被送之人的社會關係具有複雜性；另一方面被送之人的地位、處境亦各有特點。

從被送之人的角度而言：首先，若被送之人爲王公大臣，且其赴任性質又非流貶時，詩歌中的情感基調則一般是雍容典雅的。如劉祎之、張大安、李敬玄送越王赴任相州刺史的同題詩《奉和别越王》，三首詩歌皆爲典型的宫廷應制詩，辭藻華麗，情感基調雍容典雅，缺乏真情實感。如是者，還有魯王赴荆楚刺史

① 宋之問：《送武進鄭明府》，《全唐詩》卷五二，第640頁。

② 駱賓王：《餞鄭安陽入蜀》，《全唐詩》卷七九，第858頁。

③ 徐堅：《餞許州宋司馬赴任》，《全唐詩》卷一〇七，第1110頁。

④ 許智銀：《唐代送别詩的飛禽意象》，《西北民族大學學報》（哲學社會科學版），2009年第3期。

任之際，李敬玄、楊思玄所作的同題詩《奉和别魯王》。其次，若被送之人的赴任官職並不理想，那麽詩歌基調則顯得沉鬱深婉。如楊炯《送豐城王少府》，詩中“王少府”爲懷才不遇、仕途坎坷之人，因而此詩以愁起始，以爲“王少府”鳴不平作結，使得詩歌中交織着離别的哀愁、埋没人才的憤懣、懷才不遇的同情等多重複雜的情感空間。

從抒情主體的角度而言：首先，詩人在集體場合所作的送别詩，由于要受到衆多創作規範的制約，其詩歌的基調一般是昂揚明朗、疏闊平和的；而在私人性、個人性場合，詩人的情感表達就自由得多。如蘇頲在集體餞别場合創作的《餞唐州高使君赴任》，詩歌只見惜别之意卻無傷别之情。而他在非集體場合寫下的《餞郢州李使君》《餞荆州崔司馬》《餞澤州盧使君赴任》等送人赴任詩，抒情真實而細膩，情感基調或低沉凄迷或闊大明朗，並通過構築融情于景、情景交融的詩境，使得抒情與景物描寫渾然天成。其次，當抒情主體處于相同的社會歷史背景和基本同等的社會地位時，他們的經歷、境遇以及内在的胸襟、審美趣尚、個性、創作才能等内在因素的差異性，使他們在創作同題詩之際，其詩歌風貌也會呈現一定的個性化特點。如景龍二年（708），修文館學士徐堅、馬懷素、薛稷、盧藏用、李乂、李適、宋之問七人送“許州宋司馬”赴任許州時，所作的同題詩《餞（送）許州宋司馬赴任》。就詩歌情感内容而言，有低沉悲戚的傷别，如“驪歌一曲罷，愁望正凄凄”（盧藏用詩）、“分襟與秋氣，日夕共悲哉”（徐堅詩）、“聞君佐繁昌，臨風悵懷此”（李適詩）；有殷切真摯的勸誡，如“河潤在明德，人康非外求。當聞力爲政，遥慰我心愁”（宋之問詩）；有熱情洋溢的期許、祝願，如“從來昆友事，咸以佩刀傳”（李乂詩）；有依依不捨的深情，如“風月相思夜，勞望潁川星”（薛稷詩）、“嚴程若可留，别袂希再把”（馬懷素詩）。

同時，赴任之行人亦會作詩留別。初唐送別詩中這類留別詩僅兩首，分別是崔融的《留別杜審言並呈洛中舊遊》① 和鄭蜀賓的《別親朋》②。崔融于上元三年（676）登詞殫問律科，至垂拱二年（686）已近十年，故杜審言在其時寫給他的贈詩中云："十年俱薄宦，萬里各地方。……相逢慰疇昔，相對敘存亡。……高選俄遷職……勿嗟離別易，行役共時康。"③ 崔詩曰："斑鬢今爲別，紅顏昨共遊。年年春不待，處處酒相留。駐馬西橋上，回車南陌頭。故人從此隔，風月坐悠悠。"④ 由此可見，杜審言與崔融此時皆爲基層官員。而作爲社會底層的小官員，總免不了常年以往的遷轉調動的旅宦，這種蓬轉萍流般的生活極易使人產生羈旅的漂泊感與生命的遷逝感。在臨歧之際，崔融和杜審言因共同的生命體驗而惺惺相惜，写下动人心弦的篇章。再來看鄭蜀賓的《別親朋》，其詩云："畏途方萬里，生涯近百年。不知將白首，何處入黃泉。"⑤ 其事見《大唐新語》："長壽中，有滎陽鄭蜀賓頗善五言，竟不聞達。年老方授江左一尉，親朋餞別于上東門。蜀賓賦詩留別……酒酣自咏，聲調哀怨，滿座爲之流涕。竟卒于官。"⑥ 在科舉制度下，鄭蜀賓常年奔競于仕途而終歸流落不偶的境況，則是廣大底層士人命運的典型寫照。當年老體邁的鄭蜀賓終乃獲授江左一尉時，他的留別詩裡並沒有流露出欣喜，反而更多的是對艱苦赴任之途的憂懼與對身死他鄉的無奈。合而觀

① 彭慶生先生排比杜審言《贈崔融二十韻》及崔融在涇州所作詩文，考訂甚詳，認爲此詩乃垂拱二年，崔融赴任涇州之際，留別杜審言之作。詳見彭慶生《初唐詩歌繫年考證》，第 193～194 頁。今從。

② 其詩題注云："《唐新語》云：'蜀賓老爲江左一尉，親朋餞于上東門，賦詩，酒酣自咏聲調哀怨，竟卒于官。" 見《全唐詩》卷一〇〇，第 1074 頁。

③ 杜審言《贈崔融二十韻》，《全唐詩》卷六二，第 735～736 頁。

④ 崔融《留別杜審言並呈洛中舊遊》，《全唐詩》卷六八，第 764 頁。

⑤ 鄭蜀賓《別親朋》，《全唐詩》卷一〇〇，第 1074 頁。

⑥ 劉肅：《大唐新語》卷八《文章第十八》，北京：中華書局，1984 年，第 127 頁。

之，若赴任之人爲下層官員，那麽在他們的留别詩裡則較少看到那種新官上任的欣喜感，更多的是旅途與生命的漂泊感。

二、送人漫遊類

送人漫遊類詩歌，根據其内容構成與主題傾向，主要可分爲兩類。一是既抒寫離别之情又兼寓自身懷抱的。盧照鄰的《西使兼送孟學士南遊》與張九齡的《送蘇主簿赴偃師》，就是這類詩作的典型代表。盧詩用先“征蓬”“零雨”“清樽”等意象營造了出一個凄楚情感氛圍，接下來設想詩人翹首期盼友人信件的情景，不僅情意殷切而且含思溫婉。若盧詩止筆于此，則與詩題中的“西使兼送”似乎没什麽關聯了。所以，盧詩結尾四句，“骨肉胡秦外，風塵關塞中。唯餘劍鋒在，耿耿氣成虹”[①]，在揭示西使目的後，則直抒胸臆表明自身蕩平外寇的凌雲壯志。而張九齡《送蘇主簿赴偃師》，詩約作于開元初其官左拾遺期間。“時值唐室政綱紊亂、百廢待舉之秋。中宗末年嬖幸用事，賄賂公行，臺寺之内，濫官充溢。玄宗即位之初，因前朝積弊未及革除，又加上太平公主擅權坐大，張説、姚崇相互排斥等事，由此便造成了賢士下位、鷙鳥卑飛等屢見不鮮的怪象。”[②] 因而，張九齡詩針對這種賢士遭壓抑的現象，直言不諱地抨擊道：“賢人安下位，鷙鳥欲卑飛。”[③] 駱賓王的《秋日送尹大赴京並序》《送劉少府遊越州》《秋日送侯四得彈字》等詩歌，將自身與行人處境比照寫之，亦有借送别澆心中塊壘的痕迹。

二是旨在抒寫離别之情的。這類送人漫遊詩作，或將視角集中在分别之時離别場景、離别咏歎的描摹上；或集中從側面寫

① 盧照鄰：《西使兼送孟學士南遊》，《全唐詩》卷四二，第 529 頁。
② 顧建國：《張九齡研究》，北京：中華書局，2007 年，第 150 頁。
③ 張九齡《送蘇主簿赴偃師》，《全唐詩》卷四八，第 590 頁。

來，設想行人旅途的艱危情狀。就其中的情感内容而言，因爲在初唐，不管是于謀求仕進之路帶有明顯政治目的漫遊，還是出于公私行役的宦遊，甚或是道士的遊方以及非政治目的的漫遊，都已成爲一種社會風尚。因此，這類送人漫遊詩作中的情感基調大多是平和疏闊的，那種凄楚哀怨的傷别則寥寥無幾。情感内容重在殷切真摯地惜别而不是傷别的，諸如“弄琴寬别意，酌醴醉春愁”（宋之問《送永昌蕭贊府》）、“唯當玄度月，千里與君同”（駱賓王《秋日餞陸道士陳文林並序》）、“勞歌徒欲奏，贈别竟五言。唯有當秋月，空照野人園”（駱賓王《送吳七遊蜀》）[①]。而在送别那些躊躇滿志的宦遊行人時，詩人一般會將難捨難分的離情化解爲勉勵、寬慰。如張九齡送别“韋城李少府”時則云：“相知無遠近，萬里尚爲鄰。”[②] 李嶠送别行人宦遊之際，但云：“他鄉有明月，千里照相思。”[③] 其中，最爲典型者則是杜審言送别友人赴京城仕宦時所作的《泛舟送鄭卿入京》：

帝座蓬萊殿，恩追社稷臣。長安遥向日，宗伯正乘春。相宅開基地，傾都送别人。行舟縈渌水，列戟滿紅塵。酒助歡娱洽，風催景氣新。此時光乃命，誰爲惜無津。[④]

從詩中“光乃命”知，鄭卿此次入京是因爲晉升至朝廷爲官，這對于古代官員來説是何等榮耀之事啊，故以“傾都行之人”與“滿紅塵之列戟”營造出一個熱鬧、喜慶的餞别場面。接着，詩歌將明媚春日中的景物摹寫融入餞别事件中，“渌水”蕩然，清風徐徐，景物氣象皆煥然一新，以樂景寫樂情。整首詩歌

① 宋之問《送永昌蕭贊府》，駱賓王《秋日餞陸道士陳文林並序》《送吳七遊蜀》，分見《全唐詩》卷五二、卷七八、卷七九，第640、842、853頁，

② 張九齡《送韋城李少府》，《全唐詩》卷四八，第590頁。

③ 李嶠《送崔主簿赴滄州》，《全唐詩》卷五八，第695頁。

④ 杜審言：《泛舟送鄭卿入京》，《全唐詩》卷六二，第735頁。

毫無離愁别緒的痕迹，反倒是一首熱切洋溢的餞别詩。

當然，送人漫遊類送别詩的情感基調，亦有少數因念及行人客遊漂泊情狀而凄怨低沉者。如王勃的《羈遊餞别》、駱賓王的《送劉少府遊越州》、劉希夷的《送友人之新豐》等詩作。

同時，初唐時期，行將遠去漫遊之人所作的留别詩，《全唐詩》中所能見到者僅三首：其中兩首爲調露元年（679）①，陳子昂遊學東都之際留别蜀中友人的《春夜别友人二首》；另外一首爲與他于蜀中服闋後，歸東都途經遂州時，留别遂州故人的《遂州南江别鄉曲故人》。由于漫遊他方就意味着背井離鄉、寄食他鄉，故他們的留别詩歌中的基調難免會略帶些感傷色彩。

三、送人出使類

若按詩中使者出使的地域分類，則可將送人出使類送别詩分爲兩類：一是送使者出使外番的送别詩；二是送人出使地方與出使回朝的送别詩。由于前文已對送使者出使歸朝詩作的特質有所論及，故此不再贅述。

送使者出使外番的送别詩，是各民族友好往來與和睦相處的映照。“早在初唐時期，唐太宗李世民就曾明確表示：‘夷狄亦人耳，其情與中原不殊。’（《資治通鑑》卷一九七）‘自古貴中華，賤夷狄，朕獨愛之如一。’（《資治通鑑》卷一九八）唐太宗的這種民族思想，奠定了唐代處理中央王朝與各少數民族關係的基調，它使得唐王朝十分注意調整和改善民族關係。”② 正是在這種開放、友好的外交政策的促使下，唐王朝向臣屬國及其他域外文明派遣了諸多外交使節。初唐詩人對此亦多有反映。由于初唐國力強盛，並且其政治、經濟、文化處于不斷繁榮發展中，故而

① 詳見本書第 25 頁注①。

② 劉潔：《唐詩題材類論》，北京：民族出版社，2005 年，第 269 頁。

這些送人出使域外的詩歌幾乎全着眼于大唐王朝的強盛和對周邊民族的恩澤上。如杜審言《送和西番使》有云："始出鳳凰池，京師陽春晚。"[①] 明代楊慎《升庵詩話》卷六評曰："杜審言詩'始出鳳凰池，京師陽春晚'奇句也。蓋言繁華之地，流景易邁。"[②] 再者，崔湜《送梁卿王郎中使東番吊册》、張説《送郭大夫元振再使吐蕃》則集中渲染了大唐王朝對周邊民族的政治、文化的恩澤，"梁卿王郎中"出使東番正是爲了"綏九夷""宣風烈"[③]；郭元振再使吐蕃的目的也是維護周邊民族的團結："長策問酋渠，猜阻自夷殛。"[④] 由于外交使者在國家外交政策中具有重要的地位，因而被選派赴外域的使者一定是德才兼備的佼佼者。緣于此，送人出使域外的詩作中就少不了對使者才識、德行方面的誇獎、贊許之辭，亦免不了以功名、封賞的祝願收束的套路。崔湜《送梁卿王郎中使東番吊册》、張説《送郭大夫元振再使吐蕃》則是這種創作套路的典型詩作。此中不落俗套者，當屬沈佺期的《送陸侍御餘慶北使》：

古人貴將命，之子出輶軒。受委當不辱，隨時敢贈言。朔途際遼海，春思繞轘轅。安得回白日，留歡盡綠樽。[⑤]

由于出使之人爲詩人的摯友，故而在賦詩以贈之際就免去了一些冠冕堂皇的言辭，取而代之的是對出使友人的殷切囑托，勉勵友人能够不辱使命。最後，以期盼友人早日歸來和自己把酒言歡收束，彼此之間的濃情厚誼已溢于言表。

就送人出使域外的詩歌情感基調而言，不管抒情主體的主觀

① 杜審言：《送和西蕃使》，《全唐詩》卷六二，第729頁。

② 楊慎：《升庵詩話》卷六，見丁福保輯《歷代詩話續編》，北京：中華書局，1983年，第741頁。

③ 崔湜：《送梁卿王郎中使東蕃吊册》，《全唐詩》卷五四，第662頁。

④ 張説：《送郭大夫元振再使吐蕃》，《全唐詩》卷八六，第923頁。

⑤ 沈佺期：《送陸侍御餘慶北使》，《全唐詩》卷九六，第1031頁。

情思、審美趣尚、審美心態如何不同，不論他們與出使之人的親疏關係如何千差萬别，這些詩作的基調無一不是明朗昂揚的。對于這一主導風格，張浩遜在《唐詩分類研究》中將其解釋爲："一方面是因爲它的創作不能不考慮人際交往過程中的心理需求，另一方面也是唐朝國力强盛、唐人較爲自信的緣故。"①

送使者出使地方的送别詩，其内容、藝術構思及其情感基調等方面的特質則呈現出不同的風貌。就詩歌内容而言，送人出使地方的詩作不僅有對使者的贊賞與功名的祝願，更有對使者的箴規和諄諄囑托。如宋之問《送朔方何侍郎》云："拜職嘗隨驃，銘功不讓班。旋聞受降日，歌舞入蕭關。"② 贊賞"何侍郎"常隨軍出征，又多次奉命出使，功績不亞于班超。他此次出使後，不久就會讓敵人投降，王師凱旋，使者的功名亦指日可待。又宋之問《送姚侍御出使江東》云："飲冰朝受命，衣錦晝還鄉。"③ 使者受命發海陵倉，爲國憂心，詩人亦爲之動容。難能可貴的是，在送使者出使的送别詩裡，並不是所有詩作都集中在贊許使者才幹、表達功業期許方面，還是有少量詩人將注意力投向了使者應有的對職務操守的堅守。他們殷切囑托出使之人：至物产富饶之地，云"羌笮多珍寶，人言有愛憎。欲酬明主惠，當盡使臣能"④，告誡出使之人要恪盡職守，報答明主的知遇之恩，切勿貪贓枉法；至民風强悍之地，云"静言芟枳棘，慎勿傷蘭芷"⑤，囑托使者要秉公執法，既要斬除惡人，又要保護好善者。

與此同時，送人出使地方的送别詩中，亦有部分敘事要素模糊，僅旨在抒寫離别之情的詩作。如駱賓王上元二年（675）奉

① 張浩遜：《唐詩分類研究》，前引書，第 134 頁。
② 宋之問：《送朔方何侍郎》，《全唐詩》卷五二，第 639 頁。
③ 宋之問：《送姚侍御出使江東》，《全唐詩》卷五二，第 640 頁。
④ 陳子昂：《送魏兵曹使巂州得登字》，《全唐詩》卷八四，第 904 頁。
⑤ 沈佺期：《别侍御嚴凝》，《全唐詩》卷九五，第 1018 頁。

使江南之際，李嶠所作的餞別詩《餞駱四二首》，詩中並無隻言片語言及離別之因由，僅呈現了別情的普遍性與典型性。再者，如徐堅《送考功武員外學士使嵩山置舍利塔歌》，就是一首殷切真摯、緣情而發的歌行體送別詩。這首詩不僅敘事要素模糊，而且已注意到意象的選擇與組合。其客觀景物描寫與主觀情志的抒發高度和諧統一，已然是一首興象玲瓏、韻味深遠的送別佳作。

四、送人征戍類

嚴羽《滄浪詩話·詩評》云："唐人好詩，多是征戍、遷謫、行旅、離別之作，往往能感動激發人意。"[①] 那麽，這類將征戍與離別兩種題材加以融貫的送人征戍類送別詩，又有怎樣的藝術内涵呢？一般的送別詩，"就其所表現的内容而言，總不外乎時地的交待、景物的繪染、友情的重溫、別緒的剖白、旅途的珍重、相逢的希冀"[②]，相比之下，送人征戍類送別詩已突破了一般送別詩的樊籬，其題材内容既涉及對社會現實、歷史時事的反映，又能將之與離情的抒述密切相連，使得送別詩表現的離情別意能擴大至國事邊情、社會民瘼，這就增加了送別詩的情意内涵，給人以醇厚高雅之感。具體而言，初唐送人征戍類送別詩可歸納出以下幾項特點。

（1）此類詩歌的出征背景，大多是出于抗敵御辱、平叛靖邊的目的。"劉校書"、駱賓王、"魏大"等人之所以會去從軍，就是因"秋陰生蜀道，殺氣繞湟中"（楊炯《送劉校書從軍》、"玉塞邊鋒舉，金壇廟略申"（李嶠《送駱奉禮從軍》）、"匈奴猶未滅，魏絳復從戎"（陳子昂《送魏大從軍》）[③]。再者，送朔方總

① 嚴羽：《滄浪詩語》，何文煥輯《歷代詩話》（下），前引書，第 699 頁。

② 徐文茂：《陳子昂論考》，前引書，第 269 頁。

③ 楊炯《送劉校書從軍》、李嶠《送駱奉禮從軍》、陳子昂《送魏大從軍》，分見《全唐詩》卷五〇、卷六一、卷八四，第 617、724、902 頁。

管張仁亶、薛長史季昶、送趙二尚書彦昭等人赴邊、護邊、北伐，亦是緣于“邊郊草具腓，河塞有兵機”（李乂《奉和幸望春宮送朔方總管張仁亶》、“漢郡接胡庭，幽并對烽壘”（張説《送李侍郎迥秀薛長史季昶同賦得水字》）、“兵連紫塞路，將舉白雲司”（張説《送趙二尚書彦昭北伐》[①]。正是基于初唐送人征戍詩的這一出征背景，這些詩作的情感基調幾乎無出慷慨激昂、雄渾沉鬱之右者。

（2）這些詩歌中的赴邊之人體現出意氣風發、壯懷激烈、勇于進取的愛國群體形象。試看，李嶠送駱賓王從軍時，所作的顔别詩《送駱奉禮從軍》有云：“羽書資鋭筆，戎幕引英賓。劍動三軍氣，衣飄萬里塵。……希君勒石返，歌舞入城闉。”[②] 詩中駱賓王不僅是才華、識見超凡的“英賓”；而且還是豪氣冲天、勇冠三軍的任俠之士。因此，李嶠對駱賓王的政治功業寄寓“勒石”“歌舞”的希望。又，陳子昂《送别出塞》則將“書劍百夫雄”“單于不敢射”的“白馬將”與“此白頭翁”“蜀山余方隱”比照寫之[③]，在鮮明地對比反襯中凸顯赴邊之人高蹈揚厲、驍勇善戰的英雄形象。他如，李嶠《餞薛大夫護邊》、李適《奉和幸望春宮送朔方總管張仁亶》、蘇頲《餞趙尚書攝御史大夫赴朔方軍》、駱賓王《送鄭少府入遼共賦俠客從戎》等詩作，皆在詩中塑造了深明大義、才能出衆、抗敵禦辱的英雄形象。

（3）由于赴邊之人從戎的背景大多是抵禦外患的正義戰争，而這些文學群體中又無一不是意氣風發、氣貫長虹、才能出衆的豪俠之士，故而這類詩作往往以對行人功業前程的展望、期許作

① 李乂《奉和幸望春宮送朔方大總管張仁亶》，張説《送李侍郎迥秀薛長史季昶同賦得水字》《送趙二尚書彦昭北伐》，分見《全唐詩》卷九二、卷八六、卷八八，第995、923、966頁。

② 李嶠：《送駱奉禮從軍》，《全唐詩》卷六一，第724頁。

③ 陳子昂：《送别出塞》，《全唐詩》卷八三，第897頁。

爲收束。如《全唐詩》中所收李乂兩首送人征戍詩，其結尾二句，或云“勿謂公孫老，行聞奏凱歸”（《奉和幸望春宮送朔方總管張仁亶》，或云“坐聞關隴外，無復引弓兒”（《夏日都門送司馬員外逸客孫員外佺北征》[①]。這兩首詩于結尾處，皆以凱旋而歸、建功立業的勛績來勉勵行人。雖然，這類詩作往往以勉勵行人勒銘燕然、建功立業作爲收束，但亦有一二例外者。如陳子昂的《送著作佐郎崔融等從梁王東征》頷聯云：“王師非樂戰，之子慎佳兵。”欲先引用老子之言，告誡崔融等人慎勿窮兵黷武、貪功好戰而不顧百姓的生死；接下來，又渲染出海氣侵淫、邊風肆虐的氛圍，希圖東征將領能够體恤民瘼；繼而，詩人在尾聯反用田疇獻策的典故，再三提醒道：“莫賣盧龍塞，歸邀麟閣名。”[②] 希望友人既要平叛靖邊，又要輕功棄賞、關心社會民瘼。

（4）若赴邊之人爲肩負備邊、護邊、征伐之任的王公大臣，那麼抒情主體多在送別詩中渲染出盛大的餞別、出征場面。如送朔方總管張仁亶赴邊時，李適、劉憲、鄭愔等人所作同題詩《奉和幸望春宮送朔方總管張仁亶》，描繪盛大的餞別場面云：“三軍張武旆，萬乘餞行輪”，“光輝萬乘餞，威武二庭宣”，“御蹕下都門，軍麾出塞垣”[③]。再如，杜審言送崔融等從梁王東征之際，詩云“祖帳連河闕，軍麾東洛城”[④]，可以想見其出征場面的壯觀。

① 李乂：《奉和幸望春宮送朔方大總管張仁亶》與《夏日都門送司馬逸客孫員外佺北征》詩，皆見《全唐詩》卷九二，分見第995、996頁。

② 陳子昂：《送著作佐郎崔融等從梁王東征並序》，《全唐詩》卷八四，第904頁。

③ 李嶠、劉憲、鄭愔同題詩《奉和（聖製）幸望春宮送朔方總管張仁亶》，分見《全唐詩》卷六一、卷七一、卷一〇六，第722、781、1104頁。

④ 杜審言：《送崔融》，《全唐詩》卷六二，第733頁。

五、送人還鄉類

“由于行將分別的雙方之境遇感受、彼此之交往關係、別後之前途情思不一，因而每首酬別詩又顯現出各自的風采。”[①] 即便是同一時期，同緣還鄉事由而創作的送別詩，因了送別雙方處境、關係及送別對象的地位、身份、還鄉動因的不同，亦呈現出不同的藝術風貌。同是送別同僚歸鄉，當行人衣錦還鄉時，詩歌便于對其高潔品行的稱賞中流露出仰慕、歆羨之情。如楊炯《夜送趙縱》詩，詩人通過巧妙構思，以國之瑰寶和氏璧比喻友人的人品，以美玉名傳天下的聲譽比喻友人的名氣。因此，詩歌結尾便于明月普照的清曠氛圍中映出疏闊超拔。再如，永淳二年，時任太子詹事府司直、崇文館學士的楊炯，送李義琰致仕還鄉之際的詩作《送李庶子致仕還洛》[②]，其詩云“詔賜扶陽宅，人榮御史車”，對行人得以厚賜榮歸投以羨慕之情。但是，因着歸鄉之行人與友人關係以及餞別場面的不同，詩歌亦風貌不一。就楊炯以上兩首詩作而言，當詩人于個人場合送別摯友時，《夜送趙縱》詩便于巧妙地設譬取喻與虛渺的月光中突顯出情誼的真摯；而當詩人身臨官場的應酬性餞別時，《送李庶子致仕還洛》詩便呈現出禮節性、模式化的創作套路，離別之情的抒述亦是乾癟而生硬的，缺乏真情實感。李嶠、李乂兩人的同題詩《送沙門弘景道俊玄奘還荊州》，通篇皆缺乏鮮明個性化的意象，寫景狀物亦未能與所抒之情渾然一體，僅對離情別緒作了普泛化書寫。

而當抒情主體自身既處于旅寓他鄉、流落不偶之境地，又處于“彼地送還鄉”（張説《南中別蔣五岑向青州》）的境況時[③]，

---

① 徐文茂：《陳子昂論考》，前引書，2002 年，第 279 頁。

② 張志烈：《初唐四傑年譜》，成都：巴蜀書社，1993 年，第 228 頁。

③ 張説：《南中別蔣五岑向青州》，《全唐詩》卷八七，第 946 頁。

詩歌的情感基調往往是感傷沉着、凄怨沉鬱的。旅食江陵的王勃，在送别患難之交的“唐少府”還鄉時，云：

> 下驛窮交日，昌亭旅食年。相知何用早，懷抱即依然。浦樓低晚照，鄉路隔風煙。去去如何道，長安在日邊。①

詩歌首聯，充滿對彼此漂泊羈遊境遇的慨歎；頸聯，即轉到對遠去摯友的依依不捨的情誼抒述上；接下來，詩人則通過渲染“晚照”下的“浦樓”與“風煙”籠罩中的“鄉路”，創作出渺茫邈遠的詩境，詩歌便于情景交融中映出低迴沉鬱的離别情緒；尾聯，詩人則直抒胸臆地表明友人歸去，自己一人滯留異鄉而無限惆悵，加上朋友遠去路途遥遠，内心因此百感交集。

而張説流放欽州時，因送别故友回北方老家所作的《南中别蔣五岑向欽州》，則生動地刻畫了作者在“彼地送還鄉”之際融進自己對仕途、對人生、對故鄉的深切體驗。其詩云：

> 老親依北海，賤子棄南荒。有淚皆成血，無聲不斷腸。此中逢故友，彼地送還鄉。願作楓林一作江楓葉，隨君度洛陽。②

詩歌前兩聯，渲染自身流放欽州的悲慘境遇：家中孤苦無依的老人在遥遠的北方，而自己卻被棄置流放到“南荒”。一北一南，骨肉分離，自是讓人悲痛欲絶的遭際。頸聯“有淚皆成血，無聲不斷腸”二句雖用誇張手法，卻是詩人鬱結之悲痛的直陳。後兩聯，則轉到與友人離别之情的抒發上。當詩人處于仕途的低谷時，友人“蔣五岑”仍不避嫌疑地來探望，這讓詩人驚喜不已。可惜，故人即將北歸故鄉，張説“他鄉遇故知”後卻又不得不直面“彼地送還鄉”的殘酷現實。這就使得本已悲苦的詩境，

---

① 王勃：《白下驛餞唐少府》，《全唐詩》卷五六，第677頁。

② 張説：《南中别蔣五岑向青州》，《全唐詩》卷八七，第946頁。

又平添了一層沉鬱的氣氛。故而，全詩以“願作楓林葉，隨君度洛陽”作結，希望自己能化身楓葉，與友人結伴共歸故鄉。若將尾聯與首聯相比照之，則詩人“度洛陽”之意，亦有期盼自己能早日回歸朝廷的渴望。

與此同時，永淳元年（682），陳子昂落第還蜀中所作的兩首留別詩，亦呈現出此類特點。《落第西還別劉祭酒高明府》詩則于寥落蒼茫的景色勾勒中，略露感傷情緒；另外一首留別詩，《落第西還別魏四懍》詩，更是在晦暗綿邈的景物渲染中直抒胸臆道：“轉蓬方不定，落羽自驚弦”[①]，凄怨悲苦地申述自己鎩羽而歸的苦悶。但是，我們注意到，這兩首詩歌因了送別對象、彼此關係的差異而呈現出迴異的風貌。在留別已授官帶的劉祭酒和高明府時，詩人陳子昂則僅云“莫言長落羽，貧賤一交情”[②]，没有表露太多的情感。而與摯友魏四懍相別時，詩人則將自己托喻爲隨風飄零的轉蓬與失驚墜落的飛鳥，不僅流露出對友人的依依不捨之情，而且還以落魄士子的形象向友人絮絮講述自己的意願[③]。

六、送人流貶類

此類送別詩，若按離別時詩人的身份而言，則可大略分爲兩類：一是行人爲流貶之人，詩人于臨別之際賦詩贈言。出于對流貶之人悲慘遭遇的考慮，詩人在其送別詩中則多表達寬慰、勸勉之情。二是抒情主體爲流貶之人，在臨行前與朋友同僚留詩作別。“一般而言，貶謫作爲一種無法抗拒的外力，強行阻斷士大夫既定的生命流程，並給其身心帶來持續的深重傷害，必然在他

① 陳子昂：《落第西還別魏四懍》，《全唐詩》卷八四，第 903 頁。
② 陳子昂：《落第西還別劉祭酒高明府》，《全唐詩》卷八四，第 902 頁。
③ 徐文茂：《陳子昂論考》，前引書，第 271 頁。

們的心裡引起惶恐、悲憤、哀怨、羞慚、憤激等強烈的情感活動，直到貶謫狀態的消失，這種持續的精神緊張才能得以緩解。”[①] 因此，這類逐臣的留別詩中，亦多是他們對自我怨傷、自嗟心境的抒述。前者如宋之問《送杜審言》詩：

> 臥病人事絶，嗟君萬里行。河橋不相送，江樹遠含情。別路追孫楚，維舟吊屈平。可惜龍泉劍，流落在豐城。[②]

聖曆元年（698），杜審言貶吉州司户參軍。其時宋之問正臥病在家，得知昔日好友被貶的消息，便寫下這首樸實自然、情真意切的送別詩。詩歌首聯，交代自己不能親自前去爲友人餞行的緣由，並于自身“臥病”與友人遭貶“萬里行”的映襯中，奠定了詩歌傷感的基調；頸聯，詩人托“江樹”以傳情，表述對友人的依戀不捨、同情慰藉之情；而頷聯，則以孫楚、屈原的身世遭際，暗喻友人懷才不遇、仕途坎坷的境況；尾聯，則緊承頸聯的意脈，化用龍泉劍的典故，言人才被埋没，但是寶劍最終得以被發掘，也就意味着杜審言仍有重新被賞識、被重用的機會。其尾聯既是對友人懷才不遇的喟歎，亦是對其溫情的寬慰。

同時，宋之問景雲二年（711）流欽州途中，與同爲逐臣的袁侍郎分別時所作的《端州別袁侍郎》，亦具有同樣的特點。儘管頸聯“淚來空泣臉，愁至不知心”[③] 流露出無限悲痛哀絶之感，但是詩人並没有以悲戚傷感的場面作結，反倒以勸勉同僚友人愛惜身體作爲收束。于無奈的寬解中，映照出同爲淪落之人之間的惺惺相惜。但是，在這類送逐臣遠行的詩作中，亦有部分詩歌立意淡化詩歌的敘事要素，着重對離別事件的別景、別情作形象化描寫。舉如，李嶠的《送李邕》，沈佺期、李適二人的同題

① 尚永亮：《唐五代逐臣與貶謫文學研究》，前引書，第 495 頁。
② 宋之問：《送杜審言》，《全唐詩》卷五二，第 640 頁。
③ 宋之問：《端州別袁侍郎》，《全唐詩》卷五二，第 643 頁。

詩《送友人任（向）括州》，韋述的《廣陵送別宋員外佐越鄭舍人還京》等。這些詩歌多重在以誠摯的友誼去安慰友人。

而逐臣所寫的留別詩，不管送別雙方關係如何，送行之人的境遇、身份等有何不同，他們的詩作幾乎無一例外都彌漫着痛苦、焦灼、憂憤的情緒。如宋之問神龍元年（697）貶瀧州參軍時，留別其舍弟的詩云："強飲離前酒，終傷別後神。誰憐散花蕚，獨赴向南春。"① 同時，他自越州長史流欽州途中，留別越州長史的詩作亦云："依棹望兹川，銷魂獨黯然。"② 再者，僧人法琳在被敕遷蜀中時，在寫給毛明素的留別詩中，有云"叔夜嗟幽憤，陳思苦責躬。在余今失候，枉與古人同"③，則流露出憂憤、自怨的傷嗟之感。

尚永亮在分析神龍逐臣的貶謫文學時，說："從創作動機而言，神龍逐臣的詩歌除了感慨、瀉怨以外，還有以詩代簡，希望經傳播以達聖聽並獲得同情和拯救的意圖。"④ 逐臣在流貶途中所作的留別詩，作爲貶謫文學的重要部分，其文學特質亦帶有貶謫文學的普遍特徵。舉如張説的《盧巴驛聞張御史張判官欲到不得待留贈之》，則是這種文學特徵的典型。張説在詩中先以謝玄喻己之高潔品質，以孟嘗譽"張御史張判官"之優秀政績。接下來，則緊承上意，云："白髮因愁改，丹心托夢回。皇恩若再造，爲億不然灰。"⑤ 表述自己戀闕思君的赤誠之心，希望"張御史張判官"能够將他的悲慘處境以及對皇恩的眷戀之情傳達給朝廷。

① 宋之問：《留別之望舍弟》，《全唐詩》卷五二，第641頁。

② 宋之問：《渡吳江別王長史》，《全唐詩》卷五二，第642頁。

③ 法琳：《別毛明素》，《全唐詩》之《全唐詩續拾》，第10895頁。

④ 尚永亮：《唐五代逐臣與貶謫文學研究》，前引書，第172頁。

⑤ 張説：《盧巴驛聞張御史張判官欲到不得待留贈之》，《全唐詩》卷八七，第947頁。

結　語

就唐代的送别詩研究來説，以往學者大多把研究視野鎖定在通論唐代送别詩，專論盛唐、中晚唐送别诗與單個作家的送别詩上，而較少关注到初唐送别诗。初唐送别詩研究數量不僅非常有限，而且多集中于對“初唐四傑”、“沈宋”、陳子昂等一流詩人詩作的研究①，缺乏整體性、系統性觀照。這就説明，初唐送别詩研究還有衆多有待開掘的領域和視角。另外，雖然學術界對唐代送别詩的研究如火如荼，但是諸多論述只是基于對唐代送别詩創作狀況的大概把握而作出的籠統論述。有鑒于此，本書基于對初唐送别詩創作數量的準確把握與初唐送别詩藝術質素數據統計，試圖以新的視角對初唐送别詩中的重要文學現象加以觀照，希望藉此能够增加唐代送别詩研究的有益成果。

由于初唐送别詩的詩題和詩歌内容大多表明或暗示了創作地點與行人所至地點，這就説明初唐送别詩中隱含着重要的地域信息。筆者通過對初唐送别詩送别地與目的地的地域考述，發現：其一，關中、河南（山東之二）、巴蜀三地爲初唐送别詩中行人往來最多的三地。而往來于江淮、北部邊塞、嶺南、荆湘、外番、河北（山東之一）、河東七大區域的行人，則相對來説比較稀少。其二，初唐地方性送别詩的創作，主要得益于一個或幾個

---

① 李寶霞：《初唐祖餞活動與别情詩考論》，青島大學碩士學位論文，2013年，第8頁。

作家的創作。其三，京洛由于其中央集權的政治體制及其從屬的選舉制的向心作用，對全國上下的士人階層産生了巨大的向心作用。因而，京洛成爲初唐送别詩中行人分佈最集中的地點。然而，儘管進入京洛的群體理應是複雜化、多樣化的，但是初唐送别詩中出入京洛的群體大多是朝官和地方官。繼而，本書從初唐送别詩中行人移動的時空分佈規律和特點出發，進一步挖掘了行人進入京洛和地方的動因差異，及其在詩歌創作上的投射。

通過翻檢《全唐詩》中的初唐送别組詩，筆者檢得 41 組送别組詩，共計 120 首詩歌，幾乎佔了初唐送别詩的一半。另外，學界對唐代組詩的研究主要集中在咏物組詩、議論組詩、敘事組詩上①，而未曾對初唐送别詩中的組詩作細緻、深入的探討。有鑒于此，初唐送别組詩成了初唐送别詩研究不可迴避的研究對象。組詩根據創作方式的不同，可分爲個人獨立創作和多人合作兩種。初唐用組詩創作送别詩的詩人卻寥寥無幾，甚至自曹魏以來創作送别組詩的詩人亦屈指可數。易言之，初唐送别詩中的組詩多是出自文士或同題共作，或探題分韻的詩作。由于不同類型的組詩，其創作群體及其創作場合也存在差異性，這勢必會影響到組詩的創作規範和審美標準。就組詩的體裁而言，由個人獨立創作的送别組詩多短小精工之作，多爲五言四句、五言八句的形式；而由多人合作的送别組詩在體式選擇上，則多集中在五言、七言以及歌行體上，尤以五言律詩爲多。從組詩的章法結構來講，初唐帶有官方組織性質的宫廷文人合作送别組詩，無論其體式爲律詩還是古詩，大多都不離此“三部式”結構；私下場合文人間合作送别組詩的章法結構，則因其創作群體的廣闊性、多樣性、非貴族性，呈現出豐富性特點。

由于對初唐送别詩的地域結構與組詩現象的考述，皆只是針

① 詳見李正春《唐代組詩研究》，南京：鳳凰出版社，2011 年。

對初唐送别詩某一文學現象的把握，故而本書最後便着重對初唐送别詩的藝術特質展開了系統、深入的探析。初唐送别詩的詩題具有如下特徵：個人送别詩的詩題主要包括“送别”“餞别”題式，“留别”“贈别”題式，以及“××别××”題式三類；集體送别詩的詩題則主要包括“奉和”“應制”“奉和……應制”題式，“得（賦、探得、用）×字/古人某一詩句/某物”題式兩大類。由此可見，初唐送别詩的題式不僅豐富多樣，而且根據送别場合的不同而形態各異。

另外，元代楊載《詩法家數》有云：“贈别之詩，當寫不忍之情，方見襟懷之厚。然亦有數等，如别征戍，則寫死别，而勉之努力效忠；送人遠遊，則寫不忍别，而勉之及時早回；送人仕宦，則寫喜别，而勉之憂國恤民，或訴已窮居而望其薦拔，如杜公惟待吹噓送上天之説是也。”[①] 這説明，送别詩中被送對象的遠行動因，勢必會在一定程度上影響詩歌的基調與藝術構思。初唐送别詩中行人遠行的動因，主要爲赴任、漫遊、出使、征戍、還鄉、流貶六類。故本書藉由扼要梳理這六類送别詩的基本特質及其内部的個性化藝術風貌，較爲系統地闡釋了初唐送别詩的藝術特質。

---

① 楊載：《詩法家數》，何文焕輯《歷代詩話》，前引書，第733~734頁。

附錄一：初唐送別詩統計表①

序號	詩人	詩題	詩體	創作時間	送者身份	別者身份	參與人群	送別地	目的地	送別原因	送別方式	情感基調
1	太宗皇帝	餞中書侍郎來濟②	七言八句	永徽二年之後，三年九月前	皇帝	中書侍郎	皇帝和朝臣	長安	不詳	不詳	餞別（送別）	真摯凄惻

---

① 本表的統計以《全唐詩》增訂本（中華書局編輯部點校，北京：中華書局，1999 年）爲依據，對其他典籍的參照比對在表中用括號予以説明。

② 關于此詩作者問題，歧説紛紜，大略有三：第一，《全唐詩》認爲是唐太宗或宋之問詩。《全唐詩》卷一錄作唐太宗詩，題下注："一作宋之問詩，非。"卷五二又錄作宋之問詩，題下注："一作太宗詩。"第二，歸爲太宗詩者：如《初學記》卷一一、《文苑英華》卷一七七、《唐音統籤》二《甲籤》二之二，以及佟培基《全唐詩重出誤收考》、傅璇琮主編《唐五代文學編年史》。第三，歸爲唐高宗詩者：如岑仲勉《讀全唐詩札記》、王仲鏞《唐詩紀事校箋》卷四、彭慶生《初唐詩歌繫年考》"永徽二年"條。詳參彭慶生《初唐詩歌繫年考》，第 80～81 頁。

續表

序號	詩人	詩題	詩體	創作時間	送者身份	別者身份	參與人群	送別地	目的地	送別原因	送別方式	情感基調
2	褚亮	晚別樂記室彦	五言二十句	不詳	朝官	記室	不詳	不詳	不詳	不詳	别	凄惻沉鬱
3	許敬宗	奉和聖製送來濟應制	七言八句	永徽二年之後，三年九月前	衛尉卿加弘文館學士	中書侍郎	皇帝和朝臣	長安	不詳	不詳	送别	雍容典雅
4	崔信明	送金竟陵入蜀	五言十句	不詳	地方官	不詳	不詳	不詳	蜀	不詳	送别	凄怨悠遠
5	陳子良	送别	五言四句	不詳	不詳	不詳	不詳	不詳	不詳	不詳	送别	沉鬱
6	盧照鄰	送梓州高參軍還京	五言八句	總章二年或咸亨元年①	新都尉	參軍	不詳	蜀	洛陽	不詳	送别	悲戚沉鬱
7		大劍送别劉右史	五言八句	龍朔三年至咸亨元年间	不詳	右史（即起居舍人）	不詳	大劍（蜀地剑州普安）	長安	不詳	送别	悲戚沉鬱
8		還京贈别	五言八句	咸亨二年	不詳	庶人	不詳	成都	長安②	參選③	贈别（留别）	疏闊深遠

① 此處盧照鄰八首送别詩之繫年皆主要參考祝尚書《盧照鄰集箋注》（增訂本），上海：上海古籍出版社，2011 年。

② 陶敏、傅璇琮《唐五代文學編年史·初盛唐卷》（第 217 頁）："（咸亨二年）冬，駱賓王、楊炯、盧照鄰、王勃在長安，均以文章有盛名，同參選補，裴行儉評之。"

③ 咸亨元年前後，駱賓王、王勃、盧照鄰皆在蜀中。咸亨二年，"四傑"在長安，均以文章有盛名，同參選補。

續表

序號	詩人	詩題	詩體	創作時間	送者身份	別者身份	參與人群	送別地	目的地	送別原因	送別方式	情感基調
9	盧照鄰	西使兼送孟學士南游	五言十二句	龍朔二年以後	不詳	學士	不詳	不詳	一者西北一者巴陵北（湖南岳陽）	一者西使一者漫遊	送別	慷慨激昂
10	盧照鄰	送鄭司倉入蜀	五言十二句	總章元年①	庶人	司倉	不詳	丹水北（唐雍州，疑在周至縣））	蜀（經駱谷道）	不詳	送別	悵惘
11	盧照鄰	綿州官池贈別同賦灣字	五言十二句	乾封初②	奉使	不詳	從題目“同賦灣字”知，知此次餞別活動，定還有其他人。	綿州（在蜀）	益州（在蜀，成都東北）	奉使益州途經綿州	贈別	疏放豁達
12	盧照鄰	送幽州陳參軍赴任寄呈鄉曲父老	五言二十句	咸亨二年或此後數年	不詳	參軍	不詳	長安	幽州	赴任	送別	凄婉悲惻
13	盧照鄰	送二兄入蜀	五言四句	不詳	不詳	不詳	不詳	長安	蜀	不詳	送別	沉鬱
14	李百藥	送別	五言八句	不詳	不詳	名流	不詳	不詳	不詳	不詳	送別	悽愴

① 任國緒通過考察“丹水北”的地理位置以及比照盧照鄰《對蜀父老問》詩，將此詩繫于總章元年秋。參見任國緒：《盧照鄰集編年箋注》，哈爾濱：黑龍江人民出版社，1989 年，第 167～168 頁。今從。

② 祝尚書《盧照鄰集箋注》（增訂本）（第 597 頁）“附錄四盧照鄰年譜”將此詩繫于咸亨元年，無據。任國緒《盧照鄰集編年箋注》（第 169～170 頁）將之繫于盧照鄰奉使益州時作，云：“據詩中‘輶軒遵上國’句，繫奉使益州途經綿州作。”另外，從詩句“樽酒方無地，聯綣喜暫攀。離言欲贈策，高辯正連環”知顯爲奉使途中之作。今從任國緒。

續表

序號	詩人	詩題	詩體	創作時間	送者身份	別者身份	參與人群	送別地	目的地	送別原因	送別方式	情感基調
15	劉祎之	奉和別越王	五言八句	咸亨四年或五年春	朝官	越王	劉祎之、張大安、李敬玄等人奉和	長安	相州①（今河北臨漳縣西南）	赴任	別（送別）	雍容典雅
16	李敬玄	奉和別魯王	五言十四句	不詳	朝官	魯王	李敬玄、楊思玄等人奉和	長安	荊楚	赴任	別（送別）	雍容典雅
17		奉和別越王	五言八句	咸亨四年或五年春	朝官	越王	劉祎之、張大安、李敬玄等人奉和	長安	相州	赴任	別（送別）	雍容典雅
18	張大安	奉和別越王	五言八句	咸亨四年或五年春	朝官	越王	劉祎之、張大安、李敬玄等人奉和	長安	相州	赴任	別（送別）	雍容典雅
19	楊思玄	奉和別魯王	五言十四句	不詳	朝官	魯王	李敬玄、楊思玄等人奉和	長安	荊楚	赴任	別（送別）	雍容典雅

① 由張大安同題詩《奉和別越王》"離襟愴睢苑，分途指鄴城"句中之"鄴城"（按，鄴城，唐屬相州），故劉祎之、李敬玄、張大安三人所作《奉和別越王》同題應制詩皆送越王赴任相州刺史之作。詳參彭慶生《初唐詩歌繫年考》，第145頁。

續表

序號	詩人	詩題	詩體	創作時間	送者身份	别者身份	參與人群	送别地	目的地	送别原因	送别方式	情感基調
20	韋承慶	南行别弟①	五言四句	神龍元年	不詳	貶高要尉	不詳	不詳	高要（屬端州，今廣東肇慶）②	貶謫	别（留别）	凄怨悱惻
21	崔日用	餞唐永昌	七言四句	景龍三年	修文館學士	縣令	11 人皆修文館學士	長安	洛陽	赴任	餞别（送别）	深沉委婉
22	崔日用	奉和送金城公主適西蕃③	五言八句	景龍四年	朝官	公主	中宗和朝臣	馬嵬	吐蕃	和番	送别	雍容典雅
23	張九齡	送姚評事入蜀各賦一物得卜肆④	五言八句	開元元年前在京任職时所作	校書郎或拾遺	評事（大理寺屬官）	從詩題"各賦一物得卜肆"知爲多人同時所作同題詩之一。惜其餘作品已佚。	疑在長安	蜀	出使	送别	真摯殷切

① 韋承慶《南行别弟》（《全唐詩》卷四六）又作崔道融《寄人二首》之二（卷七一四），重出，雙失注。《唐才子傳》卷九、《萬首唐人絶句》卷一三作崔道融詩；《唐詩紀》卷一七、《唐音統籤》卷三四《乙籤》卷五一作韋承慶詩。詳見佟培基《全唐詩重出誤收考》，第 27 頁。又彭慶生《初唐詩歌繫年考》鉤沉排比韋承慶生平資料及同時詩作，證明韋承慶確曾往來于長江，與詩歌内容正相和。但仍然無確論，俟考。見《初唐詩歌繫年考》，第 289～290 頁。同時，此詩繫年暫從彭慶生《初唐詩歌繫年考》。

② 司馬光：《資治通鑑》卷二〇八《唐紀二十四》（第 6583 頁）：神龍元年"二月甲寅，復國號曰唐。……乙卯，鳳閣侍郎、同平章事韋承慶貶高要尉。"

③ 佟培基《全唐詩重出誤收考》（第 28 頁）云："（崔日用）《奉和送金城公主適西蕃》又作趙彦昭，重出，雙注。……《英華》一七六載送金城公主應制詩十七首，此爲第十首，作崔日用，當依之。《紀事》一〇作崔。"

④ 《全唐詩》收錄張九齡送别詩共 22 首，今依熊飛《張九齡集校注》（北京：中華書局，2008 年）中繫年，輯得張九齡作于初唐的送别詩共 7 首。同時，此處張九齡初唐送别詩之繫年皆參考此書。

續表

序號	詩人	詩題	詩體	創作時間	送者身份	别者身份	參與人群	送别地	目的地	送别原因	送别方式	情感基調
24	張九齡	送竇校書見餞得雲中辨江樹①	五言八句	景龍間	校書郎	校書郎	從詩題“餞得雲中辨江樹”，知爲多人筵餞所作同題詩之一。其餘同題詩已佚。	疑在長安	不詳	不詳	送别	簡淡高邈
25		餞濟陰梁明府各探一物得荷葉	五言八句	開元元年前	校書郎或拾遺	明府	從詩題“各探一物得荷葉”中“各探一物”，各人探取一物用作詩題。其餘同題詩已佚。	疑在長安	濟陰（今山東曹縣西北）	赴任	餞别（送别）	簡淡高邈
26		送楊府李功曹	五言八句	約開元初官左拾遺時	左拾遺	功曹	不詳	不詳	不詳	仕宦	送别	沉鬱
27		送宛句趙少府	五言八句	約官校書、拾遺間	校書或拾遺	少府	不詳	長安	宛句（今山東曹縣西北）	解褐赴任	送别	平易疏闊
28		送韋城李少府	五言八句	景龍間	校書郎	少府	不詳	長安	白馬津（河南滑縣）	仕宦	送别	明朗
29		送蘇主簿赴偃師	五言八句	約官拾遺間	拾遺	主簿	不詳	疑在長安	偃師（河南洛陽東北）	仕宦	送别	沉鬱

① 詩題中“雲中辨江樹”出自謝朓《之宣城郡出新林浦向板橋》“天際識歸舟，雲中辨江樹”，此是别筵上拈得的詩題。

續表

序號	詩人	詩題	詩體	創作時間	送者身份	別者身份	參與人群	送別地	目的地	送別原因	送別方式	情感基調
30	楊炯	送臨津房少府	五言八句	不詳	不詳	少府	不詳	不詳	臨津①（今四川劍閣縣東南）	不詳	送別	悲涼氣切
31		送豐城王少府	五言八句	不詳	不詳	少府	不詳	不詳	豐城（今屬江西）	赴任	送別	沉鬱深婉
32		送鄭州周司空	五言八句	不詳	不詳	司空（一作司功）②	不詳	長安	不詳	不詳	送別	惆悵
33		送梓州周司功	五言八句	不詳	不詳	司功	不詳	長安	梓州（今四川三臺縣）	不詳	送別	惆悵
34		送楊處士反初卜居曲江③										

① 詩中“江津”指岷江及其流域的渡口。這裡代指臨津縣所在的蜀川之地。又考唐代臨津縣，共凡有四。楊炯《送臨津房少府》中的臨津，指始州的臨津縣，治所在今四川劍閣縣東南一百三十里。詳見華林甫：《唐詩研究中的地名正誤》，收入蔣寅、張伯偉主編《中國詩學》第六輯，南京：南京大學出版社，1999 年，第 123 頁。

② 楊炯《送鄭州周司空》題下注云：“一作司功。”岑仲勉據唐代官制改正說：“明童氏刊本《盈川集》亦作司功，司功參軍爲州屬，故稱之者常以州名冠，如同人送梓州周司功是也。三公顯官，固不必冠籍，況炯同時并無周司空其人乎。”司空是中央官員不必加州名，應作司功才對。詳參黃永武：《中國詩學・考據篇》，北京：新世界出版社，2012 年，第 57 頁。

③ 楊炯《送楊處士反初卜居曲江》，《全唐詩》卷五二八又作許渾詩，雙失注。佟培基《全唐詩重出誤收考》（第 32 頁）云：“江標影刊宋睦親坊本《楊炯集》下收入，而四部叢刊影宋寫本許渾之《丁卯集》下亦載。宋岳柯《寶真齋法書贊》六載許渾烏絲欄詩真迹，云乃許渾手寫本，載有此詩，題爲《湯處士返初後卜居曲江》，當依之爲許作。”又詩句“別怨應無限，門前桂水斜”，知分別之地當在“桂水”。桂水，今廣西漓水，又稱桂江。考楊炯行迹並無廣西之行。而許渾有嶺南之行，集中亦有嶺南詩作。故此詩確爲許渾所作。

續表

序號	詩人	詩題	詩體	創作時間	送者身份	別者身份	參與人群	送別地	目的地	送別原因	送別方式	情感基調
35	楊炯	送劉校書從軍	五言十二句	上元三年①	校書郎	校書郎	不詳	長安	湟中（青海東北部）	從軍	送別	雄健沉鬱
36		送李庶子致仕還洛	五言十二句	永淳二年、弘道元年	太子詹事府司直、崇文館學士	庶子	不詳	長安	洛陽	致仕還鄉	送別	惋惜
37		夜送趙縱	五言四句	不詳	不詳	不詳	不詳	不詳	不詳	還鄉	送別	疏闊
38	宋之問	送趙六貞固②	五言八句	證聖元年、天冊萬歲元年③	官員	豳州宜祿縣尉	不詳	洛陽	豳州（治所在今陜西彬縣）	赴任	送別	悵惘
39		送朔方何侍郎	五言八句	不詳	不詳	侍御史④	不詳	不詳	朔方（今陜西靖邊）	奉使巡察	送別	激昂
40		送田道士使蜀投龍	五言八句	不詳	不詳	道士	不詳	不詳	閬州（今四川閬州蒼溪）	投龍	送別	明朗

① 楊炯于上元三年應制舉，補校書郎。據詩中“琴樽此日同”句，疑楊炯以同官相送。

② 本書中沈佺期23首送別詩的繫年皆主要參考陶敏、易淑瓊《沈佺期宋之問集校注》（北京：中華書局，2001年）。

③ 陶敏、易淑瓊《沈佺期宋之問集校注》將此詩繫于嗣聖元年後萬歲登封元年前，無確定年份。彭慶生《初唐詩歌繫年考》據陳子昂所撰趙貞固碑文《昭夷子趙氏碑》考訂趙貞固于光宅元年布衣游洛陽，于證聖元年自東都赴宜祿，出任宜祿尉“逾歲”而卒。詳參彭慶生《初唐詩歌繫年考》，第230頁。今從彭慶生。

④ 原作“侍郎”下注“一作御”。《文苑英華》卷二六七作“侍御”。又從詩句“聞道雲中使，乘驄往復還”中“乘驄”爲御史故事，知題作侍郎誤。

續表

序號	詩人	詩題	詩體	創作時間	送者身份	別者身份	參與人群	送別地	目的地	送別原因	送別方式	情感基調
41	宋之問	送許州宋司馬赴任	五言八句	景龍二年	修文館學士	司馬	7人皆修文館學士①	長安	許州（今河南許昌）	赴任	餞別（送別）	殷切真摯
42		送趙司馬赴蜀州	五言八句	不詳	不詳	司馬	不詳	不詳	蜀州（州治在今四川崇慶）	赴任	送別	明朗
43		送永昌蕭贊府	五言八句	景龍元年至三年	朝官	贊府	不詳	長安	函谷關（河南靈寶東北）	漫遊	送別	真摯殷切
44		送李侍御	五言八句	景龍元年至三年	朝官	侍御史	不詳	長安	吳地	出使	送別	簡淡疏闊
45		餞湖州薛司馬	五言八句	不詳	不詳	司馬	不詳	長安	湖州（今浙江湖州市）	赴任	餞別（送別）	明朗
46		送杜審言	五言八句	聖曆元年	洛州參軍	貶司户參軍	宋之問等45人②	洛陽	吉州（今江西吉安）	貶謫	送別	凄怨沉鬱
47		送武進鄭明府③	五言八句	不詳	不詳	明府	不詳	長安	武進（今屬江蘇省）	赴任	送別	明朗

① 修文館學士宋之問、李適、李乂、盧藏用、薛稷、馬懷素、徐堅7人作詩送之。

② 據《全唐文》卷二一四陳子昂《送吉州杜司户審言序》，知送別杜審言時賦詩以贈者45人。今僅存宋之問詩一首。陳子昂《送吉州杜司户審言序》："杜司户炳靈翰林……群公嘉之，賦詩以贈，凡四十五人，具題爵里。"

③ 《送武進鄭明府》，《全唐詩》卷一百〇七又作徐堅詩，重出，雙失注。據佟培基《全唐詩重出誤收考》，《送武進鄭明府》應爲宋之問詩。詳見佟培基《全唐詩重出誤收考》，第34頁。其依目錄學知識考訂精確，今從。

續表

序號	詩人	詩題	詩體	創作時間	送者身份	別者身份	參與人群	送別地	目的地	送別原因	送別方式	情感基調
48	宋之問	送姚侍御出使江東	五言八句	神龍二年或三年	不詳	左臺侍御史	不詳	不詳	江東	出使	送別	明朗
49		留別之望舍弟	五言八句	神龍元年	出爲兗州司參	貶瀧州參軍	不詳	不詳	一者瀧州（今屬廣東）一者兗州（今屬山東）	流貶	留別	淒怨沉鬱
50		漢江宴別	五言八句	不詳	不詳	不詳	不詳	襄陽	不詳	不詳	宴別	樂極生悲
51		渡吳江別王長史	五言八句	唐隆元年　景雲元年	長史	自越州長史貶欽州	不詳	吳江（今蘇州吳江縣）	欽州（今廣西欽州）	流貶	別（留別）	悲戚沉鬱
52		端州別袁侍郎①	五言八句	景雲二年	侍御使（流人）	自越州長史貶欽州	不詳	端州（廣東肇慶）	欽州	流貶	別（留別）	悲戚沉鬱
53		送沙門弘景道俊玄奘還荆州應制②										

① “據嚴耕望《唐僕尚丞郎表》，武后、中宗朝無袁姓侍郎，當誤。袁侍御：袁守一，中宗朝官監察御史，以附宗楚客流端州。……宗楚客景龍四年六月被殺，袁守一流端州當在其時。”轉引自陶敏、易淑瓊校注《沈佺期宋之問集校注》（北京：中華書局，2001 年），第 554 頁。

② 《全唐詩》卷五八又錄作李嶠詩，且題下注云：“一作宋之問詩。”單失注。據《宋高僧傳》二四《唐荆州白馬寺玄奘傳》，應爲李嶠詩。詳參佟培基《全唐詩重出誤收考》，第 35 頁。

續表

序號	詩人	詩題	詩體	創作時間	送者身份	別者身份	參與人群	送別地	目的地	送別原因	送別方式	情感基調
54	宋之問	餞中書侍郎來濟①										
55		春日鄭協律山亭陪宴餞鄭卿同用樓字	五言十二句	不詳	不詳	太常少卿兼檢校吏部侍郎②	不詳	洛陽	不詳	不詳	宴餞	明朗疏闊
56		宋公宅送寧諫議	五言十二句	景雲元年	自越州長史貶欽州	諫議大夫	不詳	荆州	不詳	疑人朝上疏言事③	送別	平和
57		送合宫蘇明府頲	五言十二句	神龍二年	鴻臚主簿	合宫縣令	張説、宋之問④	長安	洛陽	赴任	送別	雍容典雅
58		送楊六望赴金水	五言十二句	不詳	不詳	地方官員	不詳	不詳	金水（簡州屬縣，今四川金堂）	仕宦	送別	簡淡疏闊

① 題注云：“一作太宗詩。”關于此詩作者問題，歧説紛紜，大略有三：其一，《全唐詩》認爲是唐太宗或宋之問詩。《全唐詩》卷一錄作唐太宗詩，題下注：“一作宋之問詩，非。”卷五二又錄作宋之問詩，題下注：“一作太宗詩。”其二，歸爲太宗詩者：如《初學記》卷一一、《文苑英華》卷一七七、《唐音統籤》二《甲籤》二之二，以及佟培基《全唐詩重出誤收考》、傅璇琮主編《唐五代文學編年史》。其三，歸爲唐高宗詩者：如岑仲勉《讀全唐詩札記》、王仲鏞《唐詩紀事校箋》卷四、彭慶生《初唐詩歌繫年考》“永徽二年”條。詳參彭慶生《初唐詩歌繫年考》，第80～81頁，此處相關信息略。

② 陶敏《全唐詩人名考證》（西安：陝西人民教育出版社，1996年，第42頁）：“‘鄭卿’，疑爲鄭愔。《舊書·中宗紀》：景龍三年二月戊寅，‘太常少卿兼檢校吏部侍郎鄭愔同中書門下平章事’。”

③ 據陶敏《全唐詩人名考證》（第42頁）“寧諫議”爲“寧原悌”。又《唐會要》卷六八：“（景雲）元年十一月，諫議大夫寧原悌上疏曰……”知此詩當宋之問景雲元年秋赴欽州途經荆州，寧諫議赴京經荆州與宋之問會，宋作詩送之。

④ 《全唐詩》卷八八有張説《送蘇合宫頲》，當爲同時之作。

續表

序號	詩人	詩題	詩體	創作時間	送者身份	別者身份	參與人群	送別地	目的地	送別原因	送別方式	情感基調
59	宋之問	湖中別鑒上人	五言四句	景龍四年左右	上人（僧人）	越州長史	不詳	越州鏡湖	不詳	不詳	別	簡淡疏闊
60		送司馬道士遊天台	七言四句	聖曆元年	洛州參軍	道士	李嶠、宋之問、薛曜等人	洛陽	天台	漫遊	送別	簡淡疏闊
61	崔湜	送梁卿王郎中使東番吊册	五言十二句	長安二年	官員	郎中	不詳	不詳	東番（此指新羅）	出使	送別	雍容典雅
62		餞唐州高使君赴任	五言八句	景龍四年	修文館學士	刺史	10人皆修文館學士①	長安	唐州	赴任	餞別（送別）	明朗
63		奉和送金城公主適西番應制	五言八句	景龍四年	朝官	公主	中宗和朝臣	馬嵬	吐蕃	和番	送別	悲戚
64	王勃	別薛華②	五言八句	總章二年	庶人	朝官	不詳	綿州	不詳	一者省親一者漫遊	別	悲苦
65		重別薛華	五言八句	總章三年	庶人	朝官	不詳	成都	不詳	一者省親一者漫遊	別	悲涼
66		送盧主簿	五言八句	不詳	不詳	主簿	不詳	不詳	不詳	居官秩滿	送別	沉鬱
67		餞韋兵曹	五言八句	不詳	不詳	兵曹	不詳	不詳	不詳	不詳	餞別	悲涼
68		白下驛餞唐少府	五言八句	乾封二年	庶人	少府	不詳	白下驛（今江蘇南京）	長安	還鄉	餞別	低沉

① 崔湜、韋元旦、蘇頲、徐彦伯、張説、李乂、盧藏用、岑羲、馬懷素、沈佺期10人各有詩送唐州高使君。詳見《初唐詩歌繫年考》，第350~351頁。

② 彭慶生《初唐詩歌繫年考》（第120頁）云："詩題一作《別薛華》，誤，當從《英華》卷二八六作《秋日別薛昇華》。勃有《秋夜于綿州群官席別薛昇華序》，當是同時之作。"

續表

序號	詩人	詩題	詩體	創作時間	送者身份	别者身份	參與人群	送别地	目的地	送别原因	送别方式	情感基調
69	王勃	杜少府之任蜀州①	五言八句	總章元年之後，總章二年五月之前	朝散郎	少府	不詳	長安	蜀川	赴任	送别	昂揚
70		秋日别王長史	五言八句	不詳	不詳	不詳	不詳	不詳	不詳	不詳	别	凄涼
71		羈游餞别	五言八句	不詳	不詳	不詳	不詳	不詳	巴蜀	羈遊	餞别	低沉
72		江亭夜月送别二首	五言四句	咸亨元年	庶人	不詳	不詳	蜀	不詳	不詳	送别	低沉
73		别人四首	五言四句	咸亨元年	庶人	不詳	不詳	蜀	不詳	不詳	别（送别）	低沉
74		秋江送别二首	七言四句	總章二年	庶人	不詳	不詳	蜀	不詳	不詳	送别	低沉傷感
75	李嶠	奉和送金城公主適西番應制	五言八句	景龍四年	朝官	公主	中宗和朝臣	馬嵬	吐蕃	和番	送别	惋惜
76		送沙門弘景道俊玄奘還荆州應制②	五言八句	景龍三年	中書令	僧人	中宗和朝臣③	長安	荆州	送僧還鄉	送别	平和

① 《文苑英華》卷二六六作《送杜少府之任蜀州》。彭慶生《初唐詩歌繫年考》（第116頁）："'蜀川'，一作'蜀州'，误。据《元和志》卷三一、《旧书・地理志》，垂拱二年（686），分益州四县置蜀州，则勃时尚无蜀州之名。《英华》卷二六六作'蜀川'，是。"

② 李嶠詩題下注："一作宋之問詩。"《全唐詩》卷五二又錄作宋之問詩，失注。據《宋高僧傳》二四《唐荆州白馬寺玄奘傳》，應爲李嶠詩。詳參佟培基《全唐詩重出誤收考》，第35頁。

③ 詔賜御詩，諸學士大僚奉和。今僅存李嶠、李乂應制詩。《唐詩紀事》卷九：景龍三年"二月八日，送沙門玄奘等歸荆州，李嶠等賦詩。"《宋高僧傳》卷二四《唐荆州白馬寺玄奘傳》："景龍三年二月八日，孝和帝于林光殿解齋，時諸學士同觀盛集。奘等告乞還鄉，詔賜御詩，諸學士大僚奉和。中書令李嶠詩云云。中書舍人李乂云云。更有諸公詩送，此不殫錄。"同書卷五《唐荆州玉泉寺恒景傳》："（三藏）以景龍三年奏乞歸山，敕允其請，詔中書門下及學士于林光宮觀内道場設齋。……帝親賦詩，學士應和，即中書令李嶠、中書舍人李乂等数人。时景等捧诗振锡而行，天下荣之。"事又见同书卷八《唐荆州碧涧寺道俊传》。

續表

序號	詩人	詩題	詩體	創作時間	送者身份	別者身份	參與人群	送別地	目的地	送別原因	送別方式	情感基調
77	李嶠	送崔主簿赴滄州	五言八句	不詳	不詳	主簿	不詳	長安	滄州（治所在今河北滄縣東南）	游宦	送別	平和
78		送李邕	五言八句	神龍二年①	中書令	逐臣②	不詳	長安	富州（今廣西）	貶謫	送別	低沉
79		又送別	五言八句	不詳	不詳	不詳	不詳	不詳	汾水、晉關（皆在今山西）	不詳	送別	悲切
80		餞駱四二首	五言八句	上元二年	畿尉	武功主簿	不詳	長安	江南③	出使	餞別（送別）	低沉
81		奉和幸望春宮送朔方總管張仁亶	五言十二句	景龍三年	中書令	朔方軍大總管	中宗和朝臣④	長安	塞北	督軍備邊	送別	慷慨激昂
82		餞薛大夫護邊	五言十二句	長安二年	東都副留守	雍州長史持節山東防禦大使	張説、李嶠⑤	不詳	幽并一帶	護邊拒突厥	餞別（送別）	豪邁激昂
83		送光禄劉主簿之洛	五言十二句	不詳	不詳	主簿	不詳	不詳	洛陽	不詳	送別	低沉

① 彭慶生認爲李嶠《送李邕》詩當爲神龍二年李邕貶富州司户參軍時的送別之作。又云：“詩題一作《送李安邑》，疑‘邕’字漫漶而訛爲‘安邑’也。”詳參彭慶生《初唐詩歌繫年考》，第303頁。

② 《新唐書・李邕傳》：“五王誅，坐善張柬之，出爲南和令，貶富州司户參軍事。”

③ 傅璇琮、陶敏《唐五代文學編年史・初唐卷》（第239頁）：“（上元二年）秋，駱賓王再干州郡祿，至江南，有詩寄贈宋之問。”

④ 中宗幸望春宮，製序作詩送之（其詩及序皆佚），李嶠、李適、劉憲（又作蕭至忠）、蘇頲、李乂、鄭愔皆有同題詩送之。

⑤ 張説《送李侍郎迥秀薛長史季昶同賦得水字》，見《全唐詩》卷八六，爲同時之作。

續表

序號	詩人	詩題	詩體	創作時間	送者身份	別者身份	參與人群	送別地	目的地	送別原因	送別方式	情感基調
84	李嶠	送駱奉禮從軍	五言十二句	總章三年	进士	奉禮郎	不詳	不詳	北庭	從軍	送別	昂揚
85	李嶠	送司馬先生	七言四句	聖曆元年	麟臺少監	道士	宋之問、薛曜、李嶠	洛陽	天台（今浙江天台縣）	漫遊	送別	低沉
86	杜審言	送和西番使	五言十二句	不詳	不詳	使臣	不詳	長安	吐蕃	出使	送別	明朗
87	杜審言	送高郎中北使	五言八句	不詳	不詳	郎中	不詳	洛陽	突厥	出使	送別	平和
88	杜審言	送崔融	五言八句	通天元年①	洛陽丞	著作佐郎	杜審言、陳子昂②	洛陽	薊北一帶	東征	送別	慷慨豪邁
89	杜審言	泛舟送鄭卿入京	五言十二句	不詳	不詳	疑爲太常少卿兼檢校吏部侍郎③	不詳	不詳	長安	宦遊	送別	明朗

① 陳子昂《送著作佐郎崔融等從梁王東征並序》：“（通天元年）歲七月，軍出國門。天晶無雲，朔風清海。時比部郎中唐奉一、考功員外郎李迥秀、著作佐郎崔融，並參帷幕之賓，掌書記之任。燕南悵別，洛北思歡，頓旌節而少留，傾朝廷而出餞。”杜審言詩云：“君王行出將，書記遠從征。祖帳連河闕，軍麾動洛城。……坐覺煙塵掃，秋風古北平。”當作于本年七月。

② 陳子昂《送著作佐郎崔融等從梁王東征》與杜審言《送崔融》詩在時節、內容上皆合，當是同時所作。《唐詩成法》卷一評杜審言《送崔融》詩云：“題中無書記，次句補出，通篇皆注意做書記。雖不及射洪（按指陳子昂《送著作佐郎崔融等從梁王東征》詩）之超邁絶倫，卻是正法。”

③ 陶敏《全唐詩人名考證》（第 42 頁）：“‘鄭卿’，疑爲鄭愔。《舊書・中宗紀》：景龍三年二月戊寅，太常少卿兼檢校吏部侍郎鄭愔同中書門下平章事。”

續表

序號	詩人	詩題	詩體	創作時間	送者身份	別者身份	參與人群	送別地	目的地	送別原因	送別方式	情感基調
90	崔融	留別杜審言並呈洛中舊遊	五言八句	垂拱二年①	地方官員	地方官員	不詳	洛陽	涇州（治所在今甘肅涇川縣北）	赴任	留別	低沉
91	閻朝隱	奉和送金城公主適西番應制	五言八句	景龍四年	朝官	公主	中宗和朝臣	馬嵬	吐蕃	和番	送別	自信
92		餞唐永昌	七言四句	景龍三年	修文館學士	縣令	11人皆修文館學士	長安	洛陽	赴任	餞別（送別）	低沉
93	韋元旦	奉和送金城公主適西番應制	五言八句	景龍四年	朝官	公主	中宗和朝臣	馬嵬	吐蕃	和番	送別	悲涼
94		餞唐州高使君赴任	五言八句	景龍四年	修文館學士	刺史	10人皆爲修文館學士	長安	唐州	赴任	餞別（送別）	低沉
95	唐遠悊	奉和送金城公主適西番應制	五言八句	景龍四年	朝官	公主	中宗和朝臣	馬嵬	吐蕃	和番	送別	悲涼
96	李適	餞許州宋司馬赴任	五言八句	景龍二年	修文館學士	司馬	7人皆修文館學士	長安	許州（今河南許昌）	赴任	餞別（送別）	惆悵
97		奉和送金城公主適西番應制	五言八句	景龍四年	朝官	公主	中宗和朝臣	馬嵬	吐蕃	和番	送別	悲涼
98		奉和幸望春宮送朔方大總管張仁亶	五言八句	景龍三年	朝官	朔方軍大總管	中宗和朝臣	長安	塞北	督軍備邊	送別	慷慨激昂

① 傅璇琮《杜審言考》及其主編《唐才子傳校箋》卷一《杜審言》皆謂崔融《留別杜審言並呈洛中舊遊》作于萬歲通天元年。彭慶生排比杜審言《贈崔融二十韻》及崔融在涇州所作詩文，考訂甚詳，認爲此詩作于垂拱二年。詳見彭慶生《初唐詩歌繫年考證》，第193~194頁。今從。

續表

序號	詩人	詩題	詩體	創作時間	送者身份	別者身份	參與人群	送別地	目的地	送別原因	送別方式	情感基調
99	李適	餞唐永昌赴任東都	七言四句	景龍三年	修文館學士	縣令	11人皆修文館學士	長安	洛陽	赴任	餞別（送別）	昂揚疏闊
100		送友人向恬（括）州	五言十二句	景雲二年	朝官	刺史（被貶）①	沈佺期、李適②	長安	括州（治所在今浙江麗水）	貶謫		惆悵
101	劉憲	奉和送金城公主適西番應制	五言八句	景龍四年	朝官	公主	中宗和朝臣	馬嵬	吐蕃	和番	送別	悲涼
102		奉和幸望春宮送朔方總管張仁亶③	五言十二句	景龍三年	朝官	朔方軍大總管	中宗和朝臣	長安	塞北	督軍備邊	送別	激昂壯闊
103		餞唐永昌	七言四句	景龍三年	修文館學士	縣令	11人皆修文館學士	長安	洛陽	赴任	餞別（送別）	昂揚疏闊
104	蘇頲④	餞郢州李使君	五言十二句	不詳	不詳	刺史	不詳	不詳	郢州（今湖北鐘祥）	赴任	餞別（送別）	低沉

① 彭慶生鉤沉排比《全唐詩》卷九五沈佺期《送友人任括州》與李適此詩，疑這裡的“友人”爲郭山惲。又《新唐書·祝欽明傳》：“景雲初侍御史倪若水劾奏：‘欽明、山惲等腐儒無行，以諂佞亂常改作……請斥遠之，以肅具臣。’乃貶欽明饒州刺史，山惲括州刺史。”詳參彭慶生《初唐詩歌繫年考》，第361～362頁。

② 《全唐詩》卷九五有沈佺期《送友人任括州》詩，從内容來看，其與李適此詩應爲同時送“友人”出使括州之組詩。

③ 又作蕭至忠詩題爲《送張亶赴朔方應制》，《文苑英華》卷一七七、《唐詩紀事》卷九、《唐音統籤》卷六五、《唐音乙籤》卷七九將其歸爲劉憲詩。詳見佟培基《全唐詩重出誤收考》，第51頁。

④ 《全唐詩》共首蘇頲送別詩19首。據郁賢浩《唐風館雜稿》（瀋陽：遼寧大學出版社，1999年）中“蘇頲年譜”（原載《中國典籍與文化論叢》第二輯，北京：中華書局，1995年，第34～74頁）剔除蘇頲開元二年至開元開元十三年間所作《餞潞州陸長史再守汾州》《送吏部李侍郎東歸得歸字》《送光祿姚卿還都》等12首送別詩。

續表

序號	詩人	詩題	詩體	創作時間	送者身份	別者身份	參與人群	送別地	目的地	送別原因	送別方式	情感基調
105	蘇頲	餞唐州高使君赴任	五言八句	景龍四年	修文館學士	刺史	10人皆爲修文館學士	長安	唐州	赴任	餞別（送別）	明麗昂揚
106	蘇頲	奉和送金城公主適西番應制	五言八句	景龍四年	朝官	公主	中宗和朝臣	馬嵬	吐蕃	和番	送別	低沉
107	蘇頲	餞荆州崔司馬	五言八句	不詳	不詳	司馬	不詳	不詳	荆州	赴任	餞別（送別）	明麗昂揚
108	蘇頲	送賈起居奉使入洛取圖書因便拜覲	五言八句	景龍三年	朝官	起居舍人	不詳	疑在長安	洛陽	搜集圖書	送別	昂揚
109	蘇頲	奉和聖製幸望春宫送朔方大總管張仁亶	五言十二句	景龍三年	朝官	朔方軍大總管	不詳	長安	塞北	督軍備邊	送別	慷慨激昂
110	蘇頲	餞澤州盧使君赴任	五言二十句	不詳	不詳	刺史	不詳	不詳	澤州（今山西晉城）	赴任	餞別（送別）	低沉
111	蘇頲	餞趙尚書攝御史大夫赴朔方軍	五言十二句	開元元年	工部侍郎	朔方道大總管	張説、蘇頲	長安	北方邊塞	北伐	餞別（送別）	慷慨激昂
112	徐彦伯	奉和送金城公主適西番應制	五言八句	景龍四年	朝官	公主	中宗和朝臣	馬嵬	吐蕃	和番	送別	低沉
113	徐彦伯	餞唐州高使君赴任	五言八句	景龍四年	修文館學士	刺史	10人皆爲修文館學士	長安	唐州	赴任	餞別（送別）	明麗昂揚
114	徐彦伯	送特進李嶠入都祔廟	五言十句	景龍四年	修文館學士	特進	修文館學士	長安	洛陽	入都祔廟	送別（宴餞）	明麗昂揚
115	徐彦伯	餞唐永昌	七言四句	景龍三年	修文館學士	縣令	11人皆修文館學士	長安	洛陽	赴任	餞別（送別）	明麗歡快

續表

序號	詩人	詩題	詩體	創作時間	送者身份	別者身份	參與人群	送別地	目的地	送別原因	送別方式	情感基調
116	駱賓王	秋日餞陸道士陳文林並序	五言八句	不詳	不詳	一爲道士	陸道士、陳文林、駱賓王等人舉行的宴餞	齊魯一帶	渭城以西；東吴	一者漫遊一者歸鄉	宴餞（送別）	平和
117		送鄭少府入遼共賦俠客遠從戎	五言八句	不詳	不詳	少府	由詩題“共賦俠客遠從戎”知此詩爲送別組詩之一	不詳	遼州（今遼寧省）	從軍	送別	激越高昂
118		送費六還蜀	五言八句	不詳	不詳	不詳		吴地	蜀	歸鄉	送別	低沉
119		秋日送侯四得彈字	五言八句	可能作于詩人閑居齊魯中期	閑居	不詳	由詩題“得彈字”，知此詩爲分韻賦詩之一	齊魯	不詳	遊宦	送別	凄婉悠遠
120		秋日送尹大赴京並序	五言八句	可能作于詩人閑居齊魯中期	閑居	不詳	薛六郎、駱賓王等爲尹大舉行的宴餞	齊魯	長安	遊宦	送別（宴餞）	凄婉沉郁
121		秋夜送閻五還潤州並序	五言八句	不詳	不詳	官員	李六郎、駱賓王等爲閻五舉行的宴餞	不詳	潤州（今江蘇鎮江）	還鄉	送別（宴餞）	凄婉沉郁
122		送王明府參選賦得鶴	五言八句	可能作于詩人閑居齊魯時期	逐臣	明府	由詩題“賦得鶴”，知此詩可能爲送別組詩之一	青田（今浙江麗水縣）	長安	參選	送別	真摯殷切
123		秋日送別	五言八句	可能寫于詩人齊魯閑居後期	閑居	不詳	不詳	不詳	不詳	不詳	送別	低迴哀惋

續表

序號	詩人	詩題	詩體	創作時間	送者身份	别者身份	參與人群	送别地	目的地	送别原因	送别方式	情感基調
124	駱賓王	别李嶠得勝字①	五言八句	上元二年	畿尉②	武功主簿	由詩題"得勝字"知其爲送别組詩之一	長安	江南③	奉公出使	别（留别）	凄怨沉鬱
125		在兖州餞宋五之問	五言八句	儀鳳四年、調露元年	奉命出使	縣尉	不詳	兖州（今屬山東）	不詳	漫遊	餞别（送别）	凄婉
126		送宋五之問得涼字	五言八句	儀鳳四年、調露元年	奉命出使	縣尉	由詩題"得涼字"知其爲送别組詩之一	兖州（今屬山東）	汾州（今屬山西）④	還鄉	送别	低迴沉鬱
127		送郭少府探得憂字	五言八句	不詳	不詳	少府	由詩題"得憂字"知其爲送别組詩之一	長安	不詳	不詳	送别	低迴沉鬱
128		送劉少府遊越州	五言八句	可能作于齊魯閑居期間	閑居	少府	不詳	不詳	越州（今浙江省紹興）	遊學	送别	低迴

① 佟培基《全唐詩重出誤收考》（第 54 頁）云："《别李嶠得勝字》，後四句截爲絶句又作本人（駱賓王）《送别》，當删後題。"

② 本年深秋，駱賓王奉使江南，時李嶠尉長安，爲之餞别，駱作《别李嶠》，李作《餞駱四》二首。同時，此處言以上李嶠、駱賓王詩爲同時之作，理由有二：一者，李詩和駱詩中時令皆爲深秋。李嶠《餞駱四》其一云："星月懸秋漢，風霜入曙鐘。"其二云："人追竹林會，酒獻菊花秋。"而駱賓王《别李嶠》亦云："寒更承夜永，涼景向秋澄。"二者，李詩與駱詩所言地理方位互爲照應。李詩其一云："明日臨溝水，青山幾萬重。"駱詩云："客似遊江岸，人疑上灞陵。"參看彭慶生《初唐詩歌繫年考》"上元二年"條，第 150 頁。

③ "（上元二年）秋，駱賓王再干州郡祿，至江南"見傅璇琮《唐五代文學編年史·初唐卷》，第 239 頁。

④ 《送宋五之問得涼字》"願言游泗水，支離去二漳"中"二漳"即清漳、濁漳二水，在山西省東部，宋之問山西汾州人，近二漳。

續表

序號	詩人	詩題	詩體	創作時間	送者身份	别者身份	參與人群	送别地	目的地	送别原因	送别方式	情感基調
129	駱賓王	送吳七遊蜀	五言排律	齊魯閑居期間	閑居	不詳	不詳	齊魯	蜀	漫遊	送别	哀婉
130		西行别東台詳正學士	五言十二句	總章三年、咸亨元年	東台詳正學士	奉禮郎	不詳	長安	北庭	從軍	别（留别）	平和
131		餞鄭安陽入蜀	五言二十句	不詳	不詳	不詳	不詳	不詳	蜀	赴任	餞别（送别）	真摯殷切
132		于易水送人	五言四句	儀鳳四年、調露元年	奉命出使	不詳	不詳	易水（發源于河北省易縣）	不詳	不詳	送别	深沉悲壯
133		送别	五言四句	不詳	不詳	不詳	不詳	不詳	不詳	不詳		低沉
134	薛曜	送道士入天台	七言四句	聖曆元年	朝官	道士	李嶠、宋之問、薛曜	洛陽	天台	漫遊	送别	低沉
135		登綿州富樂山别李道士策	五言八句	總章二年①	朝官	道士	不詳	綿州（今四川綿陽）	疑到长安	不詳	别（送别）	明朗
136	于季子	南行别弟②										

---

① 彭慶生《初唐詩歌繫年考》以詩題中的“策”字，乃“榮”之形訛。李榮，綿州巴西人。“疑榮本年曾返故里，旋即赴京，曜于富樂山送别，遂有此作。”詳參彭慶生《初唐詩歌繫年考》，第 121～122 頁。

② 于季子《南行别弟》與韋承慶《南中咏雁》重出，經考訂應爲韋承慶貶高要尉南行途中見春雁北飛有感之作，説見佟培基《全唐詩重出誤收考》（前引書，第 27～28 頁）。今從，此處相關信息略。

續表

序號	詩人	詩題	詩體	創作時間	送者身份	別者身份	參與人群	送别地	目的地	送别原因	送别方式	情感基調
137	劉希夷	洛中晴月送殷四入關	七言四句（換韻）	不詳	不詳	不詳	不詳	洛陽	秦關（即函谷關，是東去洛陽，西達長安的咽喉。在今河南靈寶市）	不詳	送别	疏闊
138		送友人之新豐	五言八句	不詳	不詳	不詳	不詳	不詳	新豐（今陜西臨潼東北）	宦游	送别	低沉
139		餞李秀才赴舉	五言八句	不詳	不詳	不詳	不詳	不詳	長安	赴舉	餞别（送别）	低沉
140	陳子昂	送别出塞	五言十二句	聖曆元年（東征凱旋之後、表乞歸隱前夕）①	右拾遺	不詳	不詳	不詳	边塞	从军出征	送别	慷慨激昂
141		登薊丘樓送賈兵曹入都	五言十四句	萬歲通天二年、神功元年	武攸宜幕任掌書記	兵曹	不詳	薊丘樓（在幽州治所所在地）	洛陽	出使洛陽	送别	悲壯沉鬱
142		夏日暉上人房别李參軍崇嗣並序	五言二十四句	長壽二年	守制蜀中	參軍	不詳	蜀	不詳	因公使蜀	别（送别）	深沉

① 陳子昂所有送别詩創作年代皆主要參考徐文茂《陳子昂論考》“陈子昂年谱”的詩歌繫年部分。若詩歌編年參用其他著作處，則另行說明。

續表

序號	詩人	詩題	詩體	創作時間	送者身份	別者身份	參與人群	送別地	目的地	送別原因	送別方式	情感基調
143	陳子昂	送魏大從軍	五言八句	聖曆元年（八、九月）①	右拾遺	不詳	不詳	洛陽	邊北（河北道）	從軍	送別	雄渾激昂
144		送殷大入蜀	五言八句	不詳	不詳	不詳	不詳	不詳	蜀	不詳	送別	低沉
145		落第西還別劉祭酒高明府	五言八句	開耀二年、永淳元年	祭酒、明府	落第士子	不詳	洛陽	蜀	落第歸鄉	別（留別）	感慨沉著
146		落第西還別魏四懍	五言八句	開耀二年、永淳元年	御史主簿	落第士子	不詳	不詳	蜀	落第歸鄉	別（留別）	淒怨沉鬱
147		送客	五言八句	不詳	不詳	不詳	不詳	不詳	楚地	不詳	送別	清新淡雅
148		春夜別友人二首	五言八句	儀鳳四年、調露元年②	不詳	庶人	不詳	蜀	洛陽	遊學	別（留別）	低沉
149		遂州南江別鄉曲故人	五言八句	長壽三年、延載元年	不詳	服闋	不詳	遂州（今四川遂寧）	洛陽	宦游	別（留別）	真摯殷切
150		送東萊王學士無競	五言八句	聖曆二年	幽居	學士	不詳	蜀	不詳	探望陳子昂	送別	真摯殷切
151		送梁李二明府	五言八句	開耀二年、永淳元年	落第士子	明府	不詳	不詳	不詳	不詳	送別	沉痛哀切

① 因聖曆元年（八、九月）默啜入寇路線：自雲中過飛狐而南侵，又從原路返回，正與陳子昂《送魏大從軍》詩所言地域相符，故將詩歌繫年于聖曆元年。詳見彭慶生《初唐詩歌繫年考》，第 246 頁。

② 詳見本書第 25 頁注①。

續表

序號	詩人	詩題	詩體	創作時間	送者身份	别者身份	參與人群	送别地	目的地	送别原因	送别方式	情感基調
152	陳子昂	送魏兵曹使巂州得登字	五言八句	長壽三年至聖曆元年	右拾遺	兵曹	從詩題“得登字”，謂分韻賦詩，拈得“登”字爲韻，故知其爲送别組詩之一	疑在長安	巂州（唐時治所在四川西昌）	出使	送别	峻切雅正
153	陳子昂	送著作佐郎崔融等從梁王東征並序	五言八句	萬歲登封元年、萬歲通天元年	右拾遺	著作佐郎	杜審言、陳子昂送别崔融等東征	洛陽	薊北	東徵	送别	慷慨激昂
154	陳子昂	春晦餞陶七于江南同用風字並序	五言八句	聖曆二年	幽居	不詳	從詩題“同用風字”知其爲送别組詩之一	蜀	不詳	不詳	餞别（送别）	
155	陳子昂	登薊城西北樓送崔著作融入都並序	五言八句	萬歲登封元年、萬歲通天元年	武攸宜幕	著作郎	不詳	薊城（唐時爲幽州治所）	洛陽	應召赴都	送别	慷慨激昂
156	陳子昂	和陸明府贈將軍重出塞	五言十二句	不詳	不詳	將軍	不詳	不詳	邊北	護邊	送别	慷慨激昂
157	陳子昂	贈别冀侍御崔司議並序	五言四句	聖曆二年	幽居	侍御史、太子司儀郎	不詳	蜀	不詳	拜訪陳子昂	贈别（送别）	瀟灑超拔
158	張説	送郭大夫元振再使吐蕃①	五言十六句	聖曆二年	清邊道管記	右武衛鎧曹	不詳	不詳	吐蕃	出使	送别	慷慨激昂

① 此處張説詩歌的編年主要依據熊飛《張説集校注》（北京：中華書局，2013 年）。筆者從《全唐詩》中輯得張説送别詩 45 首，此處僅錄其初唐送别詩 28 首，其餘如《奉和聖製送宇文融安輯户口應制》《送崔二長使日知赴潞州》《岳州宴别潭州王熊二首》等 17 首盛唐時期創作的詩作則不予輯錄。

續表

序號	詩人	詩題	詩體	創作時間	送者身份	別者身份	參與人群	送別地	目的地	送別原因	送別方式	情感基調
159	張説	送李侍郎迥秀薛長史季昶同賦得水字	五言十二句	長安二年	知考功貢舉事，旋累遷鳳閣舍人	李爲夏官侍郎，薛爲雍州長史持節山東防禦大使	李嶠、張説①	不詳	幽州、并州一帶	護邊	送別	慷慨激昂
160		別平一師	五言十二句	武則天時	不詳	隱士	不詳	不詳	不詳	隱逸	別（送別）	疏闊
161		送王光庭	五言八句	不詳	不詳	不詳	不詳	洛陽	楚地	不詳	送別	凄怨沉鬱
162		新都南亭送郭元振盧崇道②										
163		送尹補闕元凱琴歌	歌行體	長安元年	右史、内供奉	右補闕	宋之問、張説等人③	洛陽	長安	接取家室	送別	昂揚

① 李嶠有《餞薛大夫護邊》，“薛大夫”即薛季旭。李、張二人詩當作于同年三月。詳見《初唐詩歌繫年考》，第 273 頁。

② 《全詩》卷一一三作盧崇道詩，題爲《新都南亭別郭大元振》。按《紀事》卷十三作盧詩。《重出誤收考》：“可能此詩初附張説集，後人將盧崇道三字並入詩題，遂誤。”應爲盧崇道詩。詳見彭慶生《初唐詩歌繫年考》，第 228～229 頁，此處相關信息略。

③ 《新唐書・尹元凱傳》：“尹元凱，瀛州樂壽人。由慈州司倉參軍坐事免，棲遲不出者三十年。與張説、盧藏用厚，詔起爲右補闕。”“《舊書・尹元凱傳》同。宋之問《送尹補闕人京序》：“無何，敕書到秦，征詣函洛。天子以其老成達學，昂藏有古人風，命典著書，職在補闕。時議以謂伯喈得詔，仲甫登聞。既而藉馬人關，西攜老幼，重見喬木，載弛舊山。念出處事違，居人惜別，離車將遠，凡我同志，賦詩贈行。”知元凱授補闕後，即返長安接取家室，張説等人賦詩送行，宋之問爲之序。詳見彭慶生《初唐詩歌繫年考》，前引書，第 254 頁。

續表

序號	詩人	詩題	詩體	創作時間	送者身份	別者身份	參與人群	送別地	目的地	送別原因	送別方式	情感基調
164	張説	送考功武員外學士使嵩山署舍利塔①	歌行體	神龍二年②	兵部郎	吏部考功員外郎	徐堅、張説③	長安	嵩山（河南）	出使嵩山置舍利塔	送别	殷切真摯
165		奉和聖製送金城公主適西蕃應制	五言八句	景龍四年	朝官	公主	中宗和朝臣	馬嵬	吐蕃	和番	送别	雅正平和
166		送鄭大夫惟忠從公主入蕃	五言八句	景龍四年	朝官	公主	中宗和朝臣	馬嵬	吐蕃	和番	送别	明朗昂扬
167		餞唐州高使君	五言八句	景龍四年	修文館學士	刺史	10人皆爲修文館學士	長安	唐州	赴任	餞别（送别）	低沉
168		送王晙自羽林赴永昌令	五言八句	神龍二年	兵部郎	永昌令	不詳	長安	洛陽	赴任	送别	昂揚
169		同王僕射山亭餞岑廣武羲得言字	五言八句	約長安二年	鳳閣舍人	廣武令	張説等人④	長安	不詳	不詳	餞别（送别）	真摯平實

① 詩題中之“署”，《四部叢刊》本《張説之文集》卷六及岑仲勉《讀全唐詩札記》皆作“置”。

② 《初唐詩歌繫年考》（第374頁）將徐堅《送考功武員外學士使嵩山置舍利塔歌》與張説《送考功武員外學士使嵩山置舍利塔》皆繫于景龍四年。熊飛《張説集校注》（第252頁）云：張説《送考功武員外學士使嵩山置舍利塔》有“雖在神仙蘭省間，常持清淨連華業”句，當爲神龍二年張説與武平一同在尚書省爲郎官時。今從。

③ 張説《送考功武員外學士使嵩山署舍利塔》與《全唐詩》卷一〇七徐堅《送考功武員外學士使嵩山置舍利塔歌》可能爲同題共作詩。

④ 從張説此詩詩題來看，張説等人同爲岑羲餞别，并分韻賦詩。同時張説另有序文——《送廣武令岑羲序》，蓋此次餞行會上，張説等人分韻賦詩，并由張説作序送别。

續表

序號	詩人	詩題	詩體	創作時間	送者身份	別者身份	參與人群	送別地	目的地	送別原因	送別方式	情感基調
170	張説	送王尚一嚴嶷二侍御赴司馬都督軍	五言八句	景龍四年、景雲元年	工部侍郎	侍御史	不詳	疑在長安	涼州	出使入幕	送別	慷慨激昂
171		送李問政河北簡兵	五言八句	神龍二年	兵部郎	官員	不詳	長安	河北道北部（幽州地區）	簡兵	送別	悲壯
172		送薛植入京	五言八句	先天元年	東都留司	贊善大夫分司東都	不詳	洛陽	長安	赴任	送別	簡淡疏闊
173		端州別高六戩	五言八句	長安三年	流人（流欽州）	流人（流嶺南）	不詳	端州（今廣東肇慶市）	欽州（張説）	流貶	別	淒怨悲苦
174		南中別蔣五岑向青州	五言八句	長安四年	流人	司農少卿	不詳	南中（指欽州）	青州（今山東青州市）	還鄉	別（送別）	淒怨悲苦
175		南中別陳七李十	五言八句	神龍元年	不詳	自欽州召回爲兵部郎	不詳	南中（指欽州）	長安	被召回京	別（留別）	急切歡快
176		南中別王陵成崇	五言八句	長安四年	流人	不詳	不詳	南中（指欽州）	洛陽①	不詳	別（送別）	真摯殷切
177		嶺南送使	五言八句	長安四年或景雲元年	流人	使者	不詳	嶺南	長安附近	出使歸朝	送別	哀怨淒楚

① 因詩中有“倏爾生六翮，翻飛戾九門”句，而“九門”代指帝王所居之處，故言“王陵、成崇”二人所往之地蓋京都。又長安四年，武則天居洛陽以洛陽爲神都，直到中宗神龍二年才返回長安。

續表

序號	詩人	詩題	詩體	創作時間	送者身份	別者身份	參與人群	送別地	目的地	送別原因	送別方式	情感基調
178	張説	盧巴驛聞張御史張判官欲到不得待留贈之	五言八句	約長安四年初	流人	御史、判官（被留贈者）	不詳	盧巴驛（在嶺南端州一帶）	欽州（張説）	流貶	留別	懇切真摯
179		送蘇合宫頲	五言十二句	神龍二年	兵部郎中	合宫縣令	張説、宋之問①	長安②	洛陽	赴任	送別	雍容雅正
180		送喬安邑備	五言十二句	久視二年、大足元年、長安元年③	學士	安邑令	不詳	洛陽	安邑令（今山西運城）	赴任	送別	雍容雅正
181		送趙二尚書彦昭北伐	五言十二句	開元元年	檢校中書令，封燕國公	刑部尚书	蘇頲、張説④	長安	北方边塞	北伐	送別	慷慨激昂
182		南中送北使二首	五言十句/五言二十二句	長安四年	流人	使者	不詳	南中（此指欽州）	洛陽	出使歸朝	送別	凄怨悲苦
183		送宋休遠之蜀任	五言十六句	萬歲通天二年	幕僚	地方官員	不詳	不詳	蜀（疑往成都）	赴任	送別	峻切雅正
184		送梁知微渡海東	五言四句	不詳	不詳	不詳	不詳	不詳	海東	不詳	送別	平和
185		嶺南送使二首	五言四句	長安四年或景龍元年	流人	使者	不詳	嶺南	不詳	出使	送別	凄怨悲苦

① 《全唐詩》卷五三有宋之問《送蘇合宫蘇明府頲》詩，當爲同時送蘇頲至合宫所作餞別詩。

② 宋之問《送合宫蘇明府頲》云："赤縣求人隱，青門起路歧。"青門，漢長安城東南門，知送別之地在長安。

③ "《會要》卷三六：'大足元年十一月十二日，麟臺監張昌宗撰《三教珠英》一千三百卷成，上之。'《珠英集》殘卷錄喬備詩四首，署銜'蒲州安邑縣令'。"轉引自《初唐詩歌繫年考》，第265頁。故，大足元年十一月左右，喬備已出爲安邑令。同時，傅璇琮主編《唐五代文學編年史·初盛唐卷》亦將張説《送喬安邑備》繫于久視二年、大足元年、長安元年。詳見是書第701頁。

④ 傅璇琮《唐五代文學編年史·初唐卷》（第497頁）："趙彦昭爲朔方道大總管，蘇頲、張説各有詩送之。"

續表

序號	詩人	詩題	詩體	創作時間	送者身份	別者身份	參與人群	送別地	目的地	送別原因	送別方式	情感基調
186	張説	送敬丞	五言八句	長安三年	鳳閣舍人	中臺右丞	不詳	不詳	不詳	不詳	送別	明朗疏闊
187	李乂	送沙門弘景道俊玄奘還荆州應制	五言八句	景龍三年	中書舍人	僧人	中宗和朝臣①	長安	荆州	送僧還鄉	送別	平和
188		餞許州宋司馬赴任	五言八句	景龍二年	修文館學士	司馬	7人皆修文館學士	長安	許州（今河南許昌）	赴任	餞別（送別）	平和
189		餞唐州高使君赴任	五言八句	景龍四年	修文館學士	刺史	10人皆爲修文館學士	長安	唐州	赴任	餞別（送別）	低沉
190		奉和幸望春宫送朔方總管張仁亶	五言十二句	景龍三年	中書舍人	朔方軍大總管	中宗和朝臣	長安	塞北	督軍備邊	送別	慷慨激昂
191		夏日都門送司馬員外逸客孫員外佺北征②	五言十二句	長安二年	萬年尉	員外	李乂、沈佺期③	長安	塞北（并州一帶）	從軍北征	送別	慷慨激昂
192		餞唐永昌	七言四句	景龍三年	修文館學士	縣令	11人皆修文館學士	長安	洛陽	赴任	餞別（送別）	明朗

① 詳見本書第121頁注③。
② 其下有題注云：“時相王爲元帥，以魏元忠爲副。”
③ 《全唐詩》卷九七有沈佺期同題詩。

續表

序號	詩人	詩題	詩體	創作時間	送者身份	別者身份	參與人群	送別地	目的地	送別原因	送別方式	情感基調
193	盧藏用	餞唐州高使君赴任	五言八句	景龍四年	修文館學士	刺史	10人皆爲修文館學士	長安	唐州	赴任	餞別（送別）	婉轉明朗
194		餞許州宋司馬赴任	五言八句	景龍二年	修文館學士	司馬	7人皆修文館學士	長安	許州（今河南許昌）	赴任	餞別（送別）	平和
195	岑羲	餞唐州高使君	五言八句	景龍四年	修文館學士	刺史	10人皆修文館學士	長安	唐州	赴任	餞別（送別）	惆悵
196	薛稷	奉和送金城公主適西番應制	五言八句	景龍四年	朝官	公主	中宗和朝臣	馬嵬	吐蕃	和番	送別	憐惜
197		餞許州宋司馬赴任	五言八句	景龍二年	修文館學士	司馬	7人皆修文館學士	長安	許州（今河南許昌）	赴任	餞別（送別）	疏闊
198		餞唐永昌	七言四句	景龍三年	修文館學士	縣令	11人皆修文館學士	長安	洛陽	赴任	餞別（送別）	清新明朗
199	馬懷素	奉和送金城公主適西番應制	五言八句	景龍四年	朝官	公主	中宗和朝臣	馬嵬	吐蕃	和番	送別	淒怨
200		餞許州宋司馬赴任	五言八句	景龍二年	修文館學士	司馬	7人皆修文館學士	長安	許州（今河南許昌）	赴任	餞別（送別）	低沉
201		餞唐州高使君赴任	五言八句	景龍四年	修文館學士	刺史	10人皆爲修文館學士	長安	唐州	赴任	餞別（送別）	惆悵
202		餞唐永昌	七言四句	景龍三年	修文館學士	縣令	11人皆修文館學士	長安	洛陽	赴任	餞別（送別）	簡淡疏闊

續表

序號	詩人	詩題	詩體	創作時間	送者身份	別者身份	參與人群	送別地	目的地	送別原因	送別方式	情感基調
203	沈佺期	別侍御嚴凝①	五言八句	約武后末年②	不詳	侍御史	不詳	不詳	荆湘一帶	出使	別（送別）	簡淡質實
204		送喬隨州偘	五言八句	中宗朝	不詳	刺史	不詳	不詳	漢東（今湖北隨縣）	遊宦	送別	簡淡質實
205		送友人任括州	五言十二句	景雲二年	中書舍人，充昭文官學士	刺史③	李適、沈佺期④	長安	括州（治所在今浙江麗水）	貶謫赴任	送別	殷切真摯
206		餞遠	五言八句	不詳	不詳	不詳	不詳	不詳	不詳	宦遊	餞別（送別）	淒怨悠遠
207		送金城公主適西番應制	五言八句	景龍四年	修文館學士	公主	中宗和朝臣	馬嵬	吐蕃	和番	送別	深沉委婉

① 陶敏《全唐詩人名考證》“沈佺期《別侍御嚴凝》”下（第 77 頁）云：“凝，當作嶷，清抄五卷本《沈云卿文集》正作嶷。《姓纂》卷五馮翊嚴氏：‘方嶷，户部郎中。’《四校記》：‘《説之集》六有《送嚴嶷侍御》詩，疑即方嶷。……沈佺期《別侍御嚴凝》殆同一人。’《郎官柱題名》户部郎中第七行有嚴方嶷。據《姓纂》，方嶷兄子嚴挺之爲玄宗朝人，故方嶷與張、沈詩中嚴嶷時代相同。”

② 本文沈佺期 16 首送別詩的繫年皆參考陶敏、易淑瓊《沈佺期宋之問集校注》（北京：中華書局，2001 年）。

③ 彭慶生鉤沉排比王重民《補全唐詩》據敦煌遺書斯二七一七所錄李適《送友人向括州》詩與李適此詩，疑這裡的“友人”爲郭山惲。又《新唐書・祝欽明傳》：“景雲初侍御史倪若水劾奏：‘欽明、山惲等腐儒無行，以諂佞亂常改作……請斥遠之，以肅具臣。’乃貶欽明饒州刺史，山惲括州刺史。”詳參彭慶生《初唐詩歌繫年考》，第 361～362 頁。

④ 李適有《送友人向括州》詩，從二詩内容來看，李適詩與沈佺期此詩當爲同送“友人”之組詩。

續表

序號	詩人	詩題	詩體	創作時間	送者身份	別者身份	參與人群	送別地	目的地	送別原因	送別方式	情感基調
208	沈佺期	李舍人山園送龐邵	五言八句	不詳	不詳	侍御史	不詳	長安	不詳	出使	送別	明朗昂揚
209		送陸侍御余慶北使	五言八句	聖曆元年	洛陽通事舍人	監察侍御史	不詳	疑在洛陽	党項	奉使招慰党項		真摯殷切
210		餞高唐州詢	五言八句	景龍四年	修文館學士	刺史	10人皆修文館學士	長安	唐州	赴任	餞別（送別）	雅正
211		餞唐郎中洛陽令	五言八句	景龍三年	修文館學士	縣令	11人皆修文館學士	長安	洛陽	赴任	餞別（送別）	簡淡疏闊
212		餞唐永昌	七言四句	景龍三年	修文館學士	縣令	11人皆修文館學士	長安	洛陽	赴任	餞別（送別）	明朗疏闊
213		送韋商州弼	五言十二句	開元元年	太府少卿	刺史	不詳	不詳	商州（今屬陝西）	赴任①	送別	真摯豁達
214		夏日梁王席送張岐州	五言十六句	約大足元年	通事舍人	刺史	不詳	長安	岐州（州治在今陝西鳳翔）	赴任	送別（宴餞）	雍容典雅
215		夏日都門送司馬員外逸客孫員外佺北征	五言十二句	長安二年	考功員外郎	員外	不詳	長安	塞北	北征	送別	慷慨激昂
216		送盧管記仙客北伐	五言十二句	約武后朝	不詳	管記	不詳	不詳	塞北	北伐	送別	慷慨激昂
217		擬古別離	樂府雜曲歌辭	不詳	不詳	不詳	不詳	不詳	不詳	不詳	別離	惆悵

① 由詩中“聞君監郡史，暫罷尚書郎”句，知韋商蓋自尚書省出爲商州刺史。

續表

序號	詩人	詩題	詩體	創作時間	送者身份	别者身份	參與人群	送别地	目的地	送别原因	送别方式	情感基調
218	沈佺期	洛州蕭司兵謁兄還赴洛成禮①	五言八句	武后長安至先天初	不詳	司兵	不詳	長安	洛陽	謁兄後歸洛成婚	送别	疏闊
219	張循之	送泉州李使君之任②	五言八句	不詳	不詳	刺史	不詳	不詳	泉州（今福建泉州市）	赴任	送别	清新明朗
220	張循之	送王汶宰江陰③	五言八句	不詳	不詳	縣令	不詳	不詳	江陰（今江蘇）	赴任	送别	清新明朗
221	張循之	婺州留别鄧使君④	不詳									
222	武平一	送金城公主適西番	五言八句	景龍四年	朝官	公主	中宗和朝臣	馬嵬	吐蕃	和番	送别	低沉
223	武平一	餞唐永昌	七言四句	景龍三年	修文館學士	縣令	11人皆修文館學士	長安	洛陽	赴任	餞别（送别）	清新疏闊
224	趙彦昭	奉和送金城公主適西番應制⑤										

① 《永樂大典》卷一〇四五九作《送洛州蕭司兵謁兄還赴洛成禮》。

② 張循之《送泉州李使君之任》又作包何詩，且題下有注云："一作送李使君赴泉州。"詳見佟培基《全唐詩重出誤收考》，第65頁。

③ 張循之《送王汶宰江陰》又作包何詩。詳見佟培基《全唐詩重出誤收考》，第65頁。

④ 張循之《婺州留别鄧使君》又作包何詩。郁賢皓《唐刺史考》云，建中時婺州刺史有鄧珽，疑即此人。包何約卒于建中初，當與之有交往，而張循之在則天武后時被誅，故此詩必爲包何作。詳見佟培基《全唐詩重出誤收考》，第65～66頁，此處相關信息略。

⑤ 趙彦昭《奉和送金城公主適西蕃應制》又作崔日用，重出，雙注。《文苑英華》卷一七六載送金城公主應制詩17首，將此詩歸爲崔日用，當依之。《唐詩紀事》卷一〇作亦作崔日用詩。參佟培基《全唐詩重出誤收考》，第28頁，此處相關信息略。

續表

序號	詩人	詩題	詩體	創作時間	送者身份	別者身份	參與人群	送別地	目的地	送別原因	送別方式	情感基調
225	蕭至忠	送張亶赴朔方應制①	五言十二句	景龍三年	朝官	朔方軍大總管	中宗和朝臣	長安	塞北	督軍備邊	送別	激昂雄渾
226	鄭愔	送金城公主適西蕃應制	五言八句	景龍四年	朝官	公主	中宗和朝臣	馬嵬	吐蕃	和番	送別	悲戚
227	鄭愔	奉和幸望春宮送朔方總管張仁亶	五言八句	景龍三年	朝官	朔方軍大總管	中宗和朝臣	長安	塞北	督軍備邊	送別	慷慨激昂
228	徐堅	奉和送金城公主適西蕃應制	五言八句	景龍四年	朝官	公主	中宗和朝臣	馬嵬	吐蕃	和番	送別	悲戚
229	徐堅	餞許州宋司馬赴任	五言八句	景龍二年	修文館學士	司馬	7人皆修文館學士	長安	許州（今河南許昌）	赴任	餞別（送別）	低沉悲戚
230	徐堅	餞唐永昌	七言四句	景龍三年	修文館學士	縣令	11人皆修文館學士	長安	洛陽	赴任	餞別（送別）	低沉
231	徐堅	送考功武員外學士使嵩山置舍利塔歌	歌行體	神龍二年②	朝官	吏部考功員外郎	徐堅、張說③	長安	嵩山（河南）	出使	送別	悲戚沉鬱

① 又作劉憲詩，題爲《奉和聖製幸望春宮送朔方大總管張仁亶》，《文苑英華》卷一七七、《唐詩紀事》卷九、《唐音統籤》卷六五《唐音乙籤》卷七九將其歸爲劉憲詩。詳見佟培基《全唐詩重出誤收考》，第51頁。

② 詳見本書第134頁注②。

③ 徐堅《送考功武員外學士使嵩山置舍利塔歌》與《全唐詩》卷八六張説《送考功武員外學士使嵩山署舍利塔》可能爲同題共作詩。

續表

序號	詩人	詩題	詩體	創作時間	送者身份	別者身份	參與人群	送別地	目的地	送別原因	送別方式	情感基調
232	徐堅	送武進鄭明府①										
233	韋述	廣陵送別宋員外佐越鄭舍人還京②	五言八句	景龍三年	進士	一者爲員外，一者爲舍人	不詳	廣陵（今揚州）	一者越州一者京城	一者貶謫，一者出使归朝	送別	莊雅
234	張謂	還京③										

① 《送武進鄭明府》，《全唐詩》卷五二又作宋之問詩，雙失注，重出。據佟培基《全唐詩重出誤收考》，《送武進鄭明府》應爲宋之問詩。詳見佟培基《全唐詩重出誤收考》，第 34 頁。其從版本目錄學考訂精當。今從。

② 《全唐詩》卷一〇八題下注："一本題止還京二字，一作張謂詩。"同書卷一一〇張謂名下重錄此詩，題下注："一作《廣陵送別宋員外佐越鄭舍人還京》，一作韋述詩。"佟培基《全唐詩重出誤收考》云："《英華》二六八作韋述，但《才調》九作張謂。《統籤》亦雙載二人下，但于卷八二四《已籤》（第 71 頁）一張下注：'一作韋述詩，誤。'不知胡震亨何所據，從詩題看，似爲韋述詩。"傅璇琮主編《唐五代文學編年史・初盛唐卷》（第 455 頁）"唐中宗景龍三年"條下云："秋，韋述在揚州遇宋之問，有詩《廣陵送別宋員外佐越鄭舍人還京》送之。"又彭慶生《初唐詩歌繫年考》將宋之問貶越途中所作《初宿淮口》以及《傷王七秘書監》等詩與韋述《廣陵送別送員外佐越鄭舍人還京》相排比，認爲韋述《廣陵送別送員外佐越鄭舍人還京》作于景龍三年宋之問貶越途經揚州時作。同時亦認爲《廣陵送別送員外佐越鄭舍人還京》當爲韋述詩。詳參彭慶生《初唐詩歌繫年考》，第 336 頁。今從，此處相關信息略。

③ 《全唐詩》卷一一〇題下注："一作《廣陵送別宋員外佐越鄭舍人還京》，一作韋述詩。"同書卷一〇八韋述名下重錄此詩，題下注："一本題止還京二字，一作張謂詩。"佟培基《全唐詩重出誤收考》云："《英華》二六八作韋述，但《才調》九作張謂。《統籤》亦雙載二人下，但于卷八二四《已籤》（第 71 頁）一張下注：'一作韋述詩，誤。'不知胡震亨何所據，從詩題看，似爲韋述詩。"傅璇琮主編《唐五代文學編年史・初盛唐卷》（第 455 頁）"唐中宗景龍三年"條下云："秋，韋述在揚州遇宋之問，有詩送之。"又彭慶生《初唐詩歌繫年考》將宋之問貶越途中所作《初宿淮口》以及《傷王七秘書監》等詩與韋述《廣陵送別宋員外佐越鄭舍人還京》相排比，認爲韋述《廣陵送別宋員外佐越鄭舍人還京》作于景龍三年宋之問貶越途經揚州時作。同時亦認爲《廣陵送別宋員外佐越鄭舍人還京》當爲韋述詩。詳參彭慶生《初唐詩歌繫年考》，第 336 頁。今從。

續表

序號	詩人	詩題	詩體	創作時間	送者身份	別者身份	參與人群	送別地	目的地	送別原因	送別方式	情感基調
235	張謂	送李著作倅杭州	五言八句	不詳	不詳	著作或著作佐郎	不詳	不詳	杭州	赴任	送別	明朗雅正
236	孟浩然	送張子容進士赴舉	五言八句	景雲二年	庶人	庶人	不詳	襄陽	長安	赴舉	送別	惆悵
237	盧崇道	新都南亭别郭大元振①	五言十二句	長壽三年、延載元年	梓州通泉尉	不詳	不詳	新都縣（屬益州，在成都東北）	不詳	不詳	别	清新淡雅
238	鞠崇裕	送司功入京②	五言四句	貞觀末永徽初	冀州參軍	司功	不詳	冀州（唐時屬河北道南部）	長安	不詳	送別	悲戚
239	胡皓	奉天田明府席餞别	五言十句	不詳	不詳	不詳	不詳	奉天（今陝西乾縣，唐時屬京畿道）	五原（今寧夏鹽池縣）	徭役	餞別	悲戚
240	胡皓	答徐四蕭關别醉後見投	七言四句	不詳	不詳	不詳	不詳	蕭關（寧夏固原縣東南，關中四關之一	不詳	不詳	不詳	悲戚

① 《全詩》卷八六作張説詩，題爲《新都南亭送郭大元振盧崇道》。按《紀事》卷十三作盧詩。據《全唐詩重出誤收考》："可能此詩初附張説集，後人將盧崇道三字並入詩題，遂誤。"應爲盧崇道詩。詳見彭慶生《初唐詩歌繫年考》，第228～229頁。

② 題下注云："崇裕爲冀州參軍，嘗有司功入京，以詩送之云云。司功曰：'大才士，先生其誰?'曰：'吳兒博士教此聲韻。'司功曰：'師明弟子哲。'"

續表

序號	詩人	詩題	詩體	創作時間	送者身份	別者身份	參與人群	送別地	目的地	送別原因	送別方式	情感基調
241	房元陽	送薛大入洛	五言八句	不詳	不詳	不詳	不詳	不詳	洛陽	不詳	送別	哀怨
242	嚴嶷	別宋侍御	五言四句	景龍四年、景雲元年前後①	侍御史	侍御史	不詳	楚	涼州	赴邊從軍	別（留別）	悲戚
243	張鷟	別崔瓊英	五言四句	不詳	不詳	不詳	不詳	不詳	不詳	不詳	別	惆悵
244		答文成贈別	五言四句	不詳	不詳	不詳	不詳	不詳	不詳	不詳	不詳	惆悵
245	法琳	別毛明素	五言八句	貞觀十四年②	不詳	帶罪僧人	不詳	不詳	益州（在成都東北）	被敕遷蜀	別（留別）	憂憤峻切
246	王績	被舉應徵別鄉中故人	五言十四句	武德五年	不詳	庶人	不詳	泰州（轄境在今山西河津、萬榮等縣地）③	長安	應徵	別（留別）	明朗疏闊
247	王拊	別故人賦得凌雲獨鶴	五言八句	不詳	不詳	不詳	當爲宴餞上，文人之間分題所作送別詩。惜其餘詩皆不存	不詳	不詳	不詳	別	淒楚

① 景龍四年、景雲元年張説有詩送嚴嶷赴司馬逸客幕府即《送王尚一嚴嶷二侍御赴司馬都督軍》。

② “（貞觀十四年）六月，法琳徙益部僧舍，有詩別毛明素等。”轉引自《唐五代文學編年史·初盛唐卷》，第 85 頁。

③ 傅璇琮、陶敏《唐五代文學編年史·初盛唐卷》云（第 20 頁）：“《唐大詔令集》卷一〇二武德五年三月有《京官及總管刺史舉人詔》，續當爲本州（泰州）刺史所舉。”

續表

序號	詩人	詩題	詩體	創作時間	送者身份	别者身份	參與人群	送别地	目的地	送别原因	送别方式	情感基調
248	道會	别三輔諸僧	五言四句	貞觀十三年	僧人	僧人	不詳	三輔（長安及其附近地區）	蜀①	還鄉	别（留别）	慷慨悲涼
249	七歲女子	送兄	五言四句	天授三年、如意元年、長壽元年	七歲女子	不詳	不詳	不詳	不詳	不詳	送别	凄怨
250	鄭蜀賓	别親朋②	五言四句	長壽二年	不詳	地方官員	不詳	洛陽	江左	赴任	别（留别）	悲苦低沉

① 《續高僧傳》卷二四《釋道會傳》："釋道會，姓史，犍爲舞陽人。初出家，住益州嚴遠寺。……武皇登遐，入京朝覲，因與法琳師同修《辯正》。有安州暠師，在蜀弘講，人有嫉者，表奏云：'反又述法。'會覘候消息，遂被拘執，身雖在獄，言笑如常。……事釋還鄉，三輔名僧送出郭門，會與諸遠僧别詩曰（云云）。"見《大藏經》第50册，台北：佛陀教育基金會，第642頁。

② 題注云："《唐新語》云：'蜀賓老爲江左一尉，親朋餞于上東門，賦詩，酒酣自咏聲調哀戚，竟卒于官。"

附錄二：初唐送別詩整理

1. 太宗皇帝

餞中書侍郎來濟一作宋之問詩，非。

曖曖去塵昏灞岸，飛飛輕蓋指河梁。
雲峰衣結千重葉，雪岫花開幾樹妝一作芳。
深悲黄一作白鶴孤舟遠，獨歎青山别路長。
聊將分袂沾巾淚，還用持添離席觴。

2. 褚亮

晚别樂記室彦

窮途屬歲晚，臨水忽分悲。抱影同爲客，傷情共一作去此時。
霧色侵虚牖，霜氛冷薄帷。舉袂慘將别，停懷悵不怡。
風嚴征雁遠，雪暗去篷遲。他鄉有歧路，遊子欲何之。

3. 許敬宗

奉和聖製送來濟應制

萬乘騰鑣警歧路，百壺供帳餞離宫。
御溝分水聲難絶，廣宴當歌曲易終。
興言共傷千里道，俯迹聊示五情同。
良哉既深留帝念，沃化方有贊天聰。

4. 崔信明

送金竟陵入蜀

金門去蜀道，玉壘望長安。豈言千里遠，方尋九折難。
西上君飛蓋，東歸我掛冠。猿聲出峽斷，月彩落江寒。
從今與君別，花月幾新殘。

5. 陳子良

送別

落葉聚還散，征禽去不歸。以我窮途泣，沾君出塞衣。

6. 盧照鄰

送梓州高參軍還京

京洛風塵遠，褒斜煙露一作霧深。北遊君似智，南飛我異禽。
別路琴聲斷，秋山猿鳥吟。一乖青岩酌，空佇白雲心。

大劍送別劉右史

金碧禺山遠，關梁蜀道難。相逢屬晚歲，相送動征鞍。
地咽綿川冷，雲凝劍閣寒。倘遇忠孝所，爲道憶長安。

還京贈別

風月清江夜，山水白雲朝。萬里同爲客，三秋契不凋。
戲凫分斷岸，歸騎別高標。一去仙橋道，還望錦城遥。

西使兼送孟學士南遊

地道巴陵北，天山弱水東。相看萬餘里，共倚一作以一征蓬。
零雨悲王粲，清尊別孔融。裴回聞夜鶴，悵望待秋鴻。
骨肉胡秦外，風塵關塞中。唯餘劍鋒在，耿耿氣成虹。

送鄭司倉入蜀

離人丹水北，遊客錦城東。別意還一作客恨良無已，離憂自不窮。

隴雲朝結陣，江月夜臨空。關塞疲征馬，霜氛落早鴻。

潘年三十外，蜀道五千中。送君秋水曲，酌酒對清風。

綿州官池贈別同賦灣字

輶軒遵上國，仙佩下靈一作雲關。尊酒方無地，聯綣喜暫攀。

離言欲贈策，高辨正連環。野徑浮雲斷，荒池春草斑。

殘花落古樹，度鳥入澄灣。欲敘他鄉別，幽谷有綿蠻。

送幽州陳參軍赴任寄呈鄉曲父一作故老

薊北三千里，關西二十年。馮唐猶在漢，樂毅不歸燕。

人同黃鶴遠，鄉共白雲連。郭隗池台處，昭王尊酒前。

故人當已老，舊壑幾成田。紅顏如昨日，衰鬢似秋天。

西蜀橋應毀，東周石尚全。灞池水猶綠，榆關月早圓。

塞雲初上雁，庭樹欲銷蟬。送君之舊國，揮淚獨潸然。

送二兄入蜀

關山客子路，花柳帝王城。此中一分手，相顧憐無聲。

7. 李百藥

送別

眷言一杯酒，悽愴起離憂。夜花飄露氣，暗水急還流。

雁行遥上月，蟲聲迥映一作應秋。明日一作月河梁上，誰與論仙舟。

8. 劉禕之

奉和别越王

周屏辭金殿，梁驂整玉珂。管聲依折柳，琴韻動流波。
鶴蓋分陰促，龍軒別念多。延襟小山路，還起大風歌。

9. 李敬玄

奉和别魯王高祖子靈夔，歷五州刺史

綠車旋楚服，丹蹕佇秦川。珠皋轉歸騎，金岸引行旃。
一朝限原隰，千里間風煙。鶯喧上林榖一作右，鳧響御溝泉一作前。
斷雲移魯蓋，離歌動舜弦。别念凝神扆，崇恩洽玳筵。
顧惟慚叩寂，徒自仰鈞天。

奉和别越王太宗子貞，則天時爲豫州刺史

飛蓋回蘭阪，宸襟佇柏梁。别館分涇渭，歸路指衡漳。
關山通曙色，林籞遍春光。帝念紆千里，詞波照五潢。

10. 張大安

奉和别越王

盛藩資右戚，連蕚重皇情。離襟愴睢苑，分途指鄴城。
麗日開芳甸，佳氣積神京。何時驂駕入，還見謁承明。

11. 楊思玄

奉和别魯王

元王詩傳博，文後寵靈優。鶴蓋動宸眷，龍章送遠遊。
函關疏別道，灞岸引行舟。北林分苑樹，東流溢御溝。

鳥聲含羽碎，騎影曳花浮。聖澤九垓普，天文七曜周。
方圖獻雅樂，簪帶奉鳴球。

12. 韋承慶

南行別弟

澹澹長江水，悠悠遠客情。落花相與恨，到地一無聲。

13. 崔日用

餞唐永昌

洛陽桴鼓今不鳴，朝野咸推重太平。
冬至冰霜俱怨別，春來花鳥若爲情。

奉和送金城公主適西番

聖後經綸遠，謀臣計畫多。受降追漢策，築館計戎和。
俗化烏孫壘，春生積石河。六龍今出餞，雙鶴願爲歌。

14. 張九齡

送姚評事入蜀各賦一物得卜肆

蜀嚴化已久，沉冥空所思。嘗聞賣卜處，猶憶下簾時。
驅傳應經此，懷賢倘問之。歸來説往事，歷歷偶心期。

送竇校書見餞得雲中辨江樹

江水天連色，無涯淨野氛。微明岸傍樹，淩亂渚前雲。
舉棹形徐一作隨轉，登艫意漸分。渺茫從此去，空復惜離群。

餞濟陰梁明府各探一物得荷葉

荷葉生幽渚，芳華信在兹。朝朝空此地，采采欲因誰。
但恐星霜改，還將蒲稗衰。懷君美人别，聊以贈心期。

送楊府李功曹

平生屬良友，結綬望光輝。何知人事拙，相與宦情非。
別路穿林盡，征帆際海歸。居然已多意，況復兩鄉違。

送宛句趙少府

解巾行作吏，尊酒謝離居。修竹含清景，華池澹碧虚。
地將幽興愜，人與舊遊疏。林下紛相送，多逢長者車。

送韋城李少府

送客南昌尉，離亭西候春。野花看欲盡，林鳥聽猶新。
別酒青門路，歸軒白馬津。相知無遠近，萬里尚爲鄰。

送蘇主簿赴偃師

我與文雄別，胡然邑吏一作使歸。賢人安下位，鷙鳥欲卑飛。
激節輕華冕，移官徇彩衣。羨君行樂處，從此拜庭闈。

15. 楊炯

送臨津房少府

歧路三秋別，江津萬里長。煙霞駐征蓋，弦奏促飛觴。
階樹含斜日，池風泛早涼。贈言未終竟，流涕忽沾裳。

送豐城王少府

愁結亂如麻，長天照落霞。離亭隱喬樹，溝水浸平沙。
左尉才何屈，東關望漸賒。行看轉牛斗，持此報張華。

送鄭州周司空一作司功

漢國臨清渭，京城枕濁河。居人下珠淚一作泣，賓御促驪歌。
望極關山遠，秋深煙霧多。唯餘三五夕，明月暫經過。

送梓州周司功

御溝一相送，征馬屢盤桓。言笑方無日，離憂獨未寬。

舉杯聊勸酒，破涕暫爲歡。别後風清夜，思君蜀路難。

送楊處士反初卜居曲江

雁門歸去遠，垂老脱袈裟。蕭寺休爲客一作相，曹溪便寄家。
緑琪千歲樹，黄槿四時花。别怨應無限，門前桂水斜。

送劉校書從軍

天將下三宫，星門召一作啟五戎。坐謀資廟略，飛檄佇文雄。
赤土流星劍，烏號明月弓。秋陰生蜀道，殺氣繞湟中。
風雨何年别，琴尊此日同。離亭不可望，溝水自西東。

送李庶子致仕還洛

此地傾城日，由來供帳華。亭逢李廣騎，門接邵平瓜。
原野煙氛匝，關河遊望賒。白雲斷岩岫，緑草覆江沙。
詔賜扶陽宅，人榮御史車。灞池一相送，流涕向煙霞。

夜送趙縱

趙氏連城璧，由來天下傳。送君還舊府，明月滿一作照前川。

16. 宋之問

送趙六貞固

目斷南浦雲，心醉東郊柳。怨别此何時，春一作青芳來已久。
與君共時物，盡此盈樽酒。始願今不從，春風戀攜手。

送朔方何侍郎一作御

聞道雲中使，乘驄往復還。河兵守陽月，塞虜失陰山。
拜職嘗隨驃方回云：漢有隨驃，今騎候，銘功不讓班。旋聞受降日，歌舞入蕭關。

送田道士使蜀投龍

風馭忽泠然，雲台路幾千。蜀門峰勢斷，巴字水形連。
人隔壺中地，龍遊洞裡天。贈言回馭日，圖畫彼山川。

送許州宋司馬赴任

潁郡水東流，荀陳兄弟遊。偏傷玆日遠，獨向聚星州。
河潤在明德，人康非外求。當聞力爲政，遥慰我心愁。

送趙司馬赴蜀州

餞子西南望，煙綿劍道微。橋寒金雁落一作並，林曙碧雞飛。
職拜輿方遠，仙成履會歸。定知和氏璧，遥掩玉輪輝。

送永昌蕭贊府

柳變曲江頭，送君函谷遊。弄琴寬別意，酌醴醉春愁。
戀本亦何極，贈言微所求。莫令金谷水，不入故園流。

送李侍御

行李戀庭闈，乘軺振彩衣。南登指吴服，北走出秦畿。
去國夏雲斷，還鄉秋雁飛。旋聞郡計入，更有使臣歸。

餞湖州薛司馬

別駕促嚴程，離筵多故情。交深季作友，義重伯爲兄。
鎮靜移吴俗，風流在漢京。會看一作逢陳仲舉，從此拜公卿。

送杜審言

臥病人事絶，嗟君萬里行。河橋不相送，江樹遠含情。
別路追孫楚，維舟吊屈平。可惜龍泉劍，流落在豐城。

送武進鄭明府

弦歌試宰日，城闕賞心違。北謝蒼龍去，南隨黄鵠飛。
夏雲海中出，吴山江上微。氓謠一作歌豈雲遠，從此慶緇衣。

送姚侍御出使江東

帝憂河朔郡，南發海陵倉。坐歎青春別，逶迤碧水長。
飲冰朝受命，衣錦晝還鄉。爲問東山桂，無人何自芳。

留別之望舍弟

同氣有三人，分飛在此晨。西馳巴嶺徼，東去洛一作汶陽濱。

强飲離前酒，終傷别後神。誰一作雖憐散花蕚，獨赴日南春。

漢江宴别

漢廣不分天，舟移杳若仙。秋一作林虹映晚日，江鶴弄晴煙。
積水浮冠蓋，遥風逐管弦。嬉遊不可極，留恨此山川。

渡吴江别王長史

倚櫂望兹川，銷魂獨黯然。鄉連江北樹，雲斷日南天。
劒别龍初没，書成鴈不傳。離舟意無限，催渡復催年。

端州别袁侍郎

合浦途未極，端溪行暫臨。淚來空泣臉，愁至不知心。
客醉山月静，猿啼江樹深。明朝共分手，之子愛千金。

送沙門泓景道俊玄奘還荆州應制一作李嶠詩

三乘歸淨域，萬騎餞通莊。就日離亭近，彌天别路長。
荆南旋杖鉢，渭北限津梁。何日紆真果，還來入帝鄉。

餞中書侍郎來濟一作太宗詩

曖曖去塵昏灞岸，飛飛輕蓋指河梁。
雲峰衣結千重葉，雪岫花開幾樹妝。
深悲黄鶴孤舟遠，獨對青山别路長。
卻將分手沾襟淚，還用持添離席觴。

春日鄭協律山亭陪宴餞鄭卿同用樓字

潘園枕郊郭，愛客坐相求。尊酒東城外，驂騑南陌頭。
池平分洛水，林缺見嵩丘。暗竹侵山徑，垂楊拂妓樓。
彩雲歌處斷，遲日舞前留。此地何年别，蘭芳空自幽。

宋公宅送寧諫議

宋公爰創宅，庾氏更誅茅。間出人三秀，平臨楚四郊。
漢臣來絳節，荆牧動金鐃。尊溢宜城酒，笙裁曲沃匏。
露荷秋變節，風柳夕鳴梢。一散陽臺雨，方隨越鳥巢。

送合宮蘇明府頲

鉉府誕英規，公才天下知。謂乘羔雁族，繼入鳳皇池。
赤縣求人隱，青門起路岐。翟回車少別，凫化舄遥馳。
神哭周南境，童歌渭北垂。賢哉荀奉倩，衮職佇來儀。

送楊六望赴金水

借問梁山道，嵚岑幾萬重。遥州刀作字，絶壁劍爲峰。
惜別路窮此，留歡意不從。憂來生白髮，時晚愛青松。
勿以西南遠，夷歌寢盛容。臺階有高位，寧復久臨邛。

湖中別鑒上人

願與道林近，在意逍遥篇。自有靈佳寺，何用沃洲禪。

送司馬道士遊天台

羽客笙歌此地違，離筵數處白雲飛。
蓬萊闕下長相憶，桐柏山頭去不歸。

17. 崔湜

送梁卿王郎中使東番吊册

梁侯上卿秀，王子中台傑。贈册綏九夷，旌旃下雙闕。
西堂禮樂送，南陌軒車別。征路入海雲，行舟溯江月。
兹邦久欽化，歷載歸朝謁。皇心諒所嘉，寄爾宣風烈。

餞唐州高使君赴任

芳春桃李時，京都一作東物華好。爲獄豈不貴，所悲涉遠道。
遠道不可思，宿昔夢見之。贈君雙佩刀，日夕視來期一作有親期。

奉和送金城公主適西番應制

懷戎前策備，降女舊因修。簫鼓辭家怨，旌旃出塞愁。
尚孩中念切，方遠御慈留一作流。顧乏謀臣用，仍勞聖主憂。

18. 王勃

別薛華《英華》作秋日別薛昇華

送送多窮路，遑遑獨問津。悲涼千里道，凄斷百年身。

心事同漂泊，生涯共苦辛。無論去與住，俱是夢中人。

重別薛華一作重別薛昇華

明月沉珠浦，秋風濯錦川。樓臺臨絶岸，洲渚亙長天。

旅一作飄泊成千里，棲遑一作遲共百年。窮途唯有淚，還望獨潸然。

送盧主簿

窮途非所恨，虛室自相依。城闕居年滿，琴尊俗事稀。

開襟方未已，分袂忽多違。東岩富松竹，歲暮幸同歸。

餞韋兵曹

征驂臨野次，別袂慘江垂。川霽浮煙斂，山明落照移。

鷹風凋晚葉，蟬露泣一作泫秋枝。亭皋分遠望，延想間雲涯。

白下驛餞唐少府

下驛窮交日，昌亭旅食年。相知何用早，懷抱即依然。

浦樓低晚照，鄉路隔風煙。去去如何道，長安在日邊。

杜少府之任蜀州一作川

城闕輔一作俯西秦，風煙望五津。與君別離意，同一作俱是宦遊人。

海記憶體知已，天涯若比鄰。無爲在歧路，兒女共沾巾。

秋日別王長史

別路餘一作長千里，深恩重百年。正悲西候日，更動北梁一作京篇。

野色籠寒霧，山光斂暮煙。終知難再奉，懷德自潸然。

羈遊餞別

客心懸隴路，遊子倦一作惓江幹。槿豐一作濃朝砌靜，筱密夜窗寒。

琴聲銷別恨，風景駐離歡。寧覺山川遠，悠悠旅思難。

江亭夜離月送別二首

江送巴南水，山横塞北雲。津亭秋月夜，誰見泣離群。

亂煙籠碧砌，飛月向南端。寂寂離亭掩，江山此夜寒。

別人四首

久客逢餘閏，他鄉別故人。自然堪下淚，誰忍望征塵。

江上風煙積，山幽雲霧多。送君南浦外，還望將如何。

桂軺雖不駐，蘭筵幸未開。林塘風月賞，還待故人來。

霜華净天末，霧色籠江際。客子常畏人，何爲久留滯。

秋江送別二首

早是他鄉值早秋，江亭明月帶江流。
已覺逝川傷別念，復看津樹隱離舟。
歸舟歸騎儼成行，江南江北互相望。
誰謂波瀾才一水，已覺山川是兩鄉。

19. 李嶠

奉和送金城公主適西番應制

漢帝撫戎臣，絲言命錦輪。還將弄機女，遠嫁織皮人。

曲怨關山月，妝消道路塵。所嗟穠李樹，空對小榆春。

送沙門弘景道俊玄奘還荆州應制一作宋之問詩

三乘歸淨域，萬騎餞通莊。就日離亭近，彌天別路長。

荆南旋杖鉢，渭北限津梁。何日紆真果，還來入帝鄉。

送崔主簿赴滄洲

紫陌追隨日，青門相見時。宦遊從此去，離別幾年期。
芳桂尊中酒，幽蘭下調詞。他鄉有明月，千里照相思。

送李邕一作送李安邑

落日荒郊外，風景正凄凄。離人席上起，征馬路傍嘶。
別酒傾壺贈，行書掩淚題。殷勤御溝水，從此各東西。

又送別

歧路方爲客，芳尊暫解顔。人隨轉蓬去，春伴落梅還。
白雲度汾水，黄河繞晉關。離心不可問，宿昔鬢成斑。

餞駱四二首

平生何以樂，斗酒夜相逢。曲中驚別緒，醉裡失愁容。
星月懸秋漢，風霜入曙鐘。明日臨溝水，青山幾萬重。
甲第驅車入，良宵秉燭遊。人追竹林會，酒獻菊花秋。
霜吹飄無已，星河漫不流。重嗟歡賞地，翻召別離憂。

奉和幸望春宫送朔方總管張仁亶

玉塞征驕子，金符命老臣。三軍張武一作戎旆，萬乘餞行輪。
猛氣凌玄朔，崇恩降紫宸。投醪還結一作得士，辭第本一作在忘身。
露下鷹初擊，風高鴈欲賓。方銷塞北祲，還靖漠南塵。

餞薛大夫護邊

荒隅時未通，副相下臨戎。授律星芒動，分兵月暈空。
犀皮擁青槖，象齒飾雕弓。決勝三河勇，長驅六郡雄。
登山窺代北，屈指計遼東。佇見燕然上，抽毫頌武功。

送光禄劉主簿之洛

函谷雙崤右，伊川二陝東。仙舟窅將隔，芳斝暫云同。

朋席餘歡盡，文房舊侶空。他鄉千里月，歧路九秋風。

背櫪嘶班馬，分洲叫斷鴻。别後青山外，相望白雲中。

送駱奉禮從軍

玉塞邊烽舉，金壇廟略申。羽書資鋭筆，戎幕引英賓。

劍動三軍氣，衣飄萬里塵。琴尊留别賞，風景惜離晨。

笛梅含晚吹，營柳帶餘春。希君勒石返，歌舞入城闉。

送司馬先生

蓬閣桃源兩處分，人間海上不相聞。

一朝琴裏悲黄鶴，何日山頭望白雲。

20. 杜審言

送和西番使

使出鳳皇池，京師陽春晚。聖朝尚邊策，詔諭兵戈偃。

拜手明光殿，摇心上林苑。種落逾青羌，關山度赤阪。

疆埸及無事，雅歌而餐飯。寧獨錫和戎，更當封定遠。

送高郎中北使

北狄願和親，東京發使臣。馬銜邊地雪，衣染異方塵。

歲月催行旅，恩榮變苦辛。歌鐘期重錫，拜手落花春。

送崔融

君王行出將，書記遠從征。祖帳連河闕，軍麾動洛城。

旌旆一作旗朝朔氣，笳吹夜邊聲。坐覺煙塵掃，秋風古北平。

泛舟送鄭卿入京

帝座蓬萊殿，恩追社稷臣。長安遥向日，宗伯正乘春。

相宅開基地，傾都送别人。行舟縈渌水，列戟滿紅塵。

酒助歡娱洽，風催景氣新。此時光乃命，誰爲惜無津。

21. 崔融

留別杜審言並呈洛中舊遊

斑鬢今爲別，紅顔昨共遊。年年春不待，處處酒相留。
駐馬西橋上，回車南陌頭。故人從此隔，風月坐悠悠。

22. 閻朝隱

奉和送金城公主適西番應制

甥舅重親地，君臣厚義鄉。還將貴公主，嫁與耨檀一作褥氈王。

鹵簿山河一作川暗一作闊，琵琶一作胡琴道路長。回瞻父母國，日出在東方。

餞唐永昌

洛陽難理若棼絲，椎破連環定不疑。
鸊鵜休言秦地樂一作鳥道長安樂，回頭一作首一顧一相思。

23. 韋元旦

奉和送金城公主適西番應制

柔遠安夷俗，和親重漢年。軍容旌節送，國命錦車傳。
琴曲悲千里，簫聲戀九天。唯應西海月，來就掌珠圓。

餞唐州高使君赴任

桐栢膺新命，芝蘭惜舊遊。鳴皋夜鶴在，遷木早鶯求。
傳擁淮源路，尊空灞水流。落花紛送遠，春色引離憂。

24. 唐遠悊

奉和送金城公主適西番應制

皇恩眷下人，割愛遠和親。少女風遊兑，姮娥月去秦。

龍笛迎金榜，驪歌送錦輪。那堪桃李色，移向虜庭春。

25. 李適

餞許州宋司馬赴任

昔吾遊箕山，揭來涉潁水。復有許由廟，迢迢白雲裡。

聞君佐繁昌，臨風悵懷此。儻到平輿泉，寄謝干將里。

奉和送金城公主適西番應制

絳河從遠聘，青海赴和親。月作臨邊曉，花爲度隴春。

主歌悲顧鶴，帝策重安人。獨有瓊簫去一作處，悠悠思錦輪。

奉和幸望春宮送朔方軍大總管張仁亶

地限驕南牧，天臨餞北征。解衣延寵命，横劍總威名。

豹略恭宸旨，雄文動睿情。坐觀膜拜入，朝夕受降城。

餞唐永昌赴任東都自尚書郎爲令

聞道飛鳧向洛陽，翩翩矯翮度文昌。因聲寄意三花樹，少室岩前幾過香。有田在少室，不見十年矣。

送友人向恬（括）〔一〕①州斯二七一七

委迤吴山云，演漾洞庭水。清枫既愁人，白频（蘋）亦靡靡。

送君出京国，孤舟眇江汜②。浮阳怨芳岁，况乃别行子。

括苍涨海壖，斯路天台〔□〕。我有岩中念，遥寄四明里。

〔一〕刘云：“‘恬’乃‘括’之误，今浙江丽水，唐避德宗諱改處州。”

---

① 原卷作“括”。

② “江氾”，蒋雲当作“江汜”。

26. 劉憲

奉和送金城公主入西番應制

外館踰河右，行營指路歧。和親悲遠嫁，忍愛泣將離。
旌旆羌風引，軒車漢月隨。那堪馬上曲，時向管中吹。

奉和聖製幸望春宮送朔方軍大總管張仁亶

命將擇耆年，圖功勝必全。光輝萬乘餞，威武二庭宣。
中衢橫鼓角，曠野蔽旌旃。推食天廚至，投醪御酒傳。
涼風過雁苑，殺氣下雞田。分閫恩何極，臨岐動睿篇。

餞唐永昌

始見郎官拜洛陽，旋聞近侍發雕章。
緒言已勖期年政，綺字當一作先生滿路光。

27. 蘇頲

餞郢州李使君

楚有章華台，遥遥雲夢澤。復聞擁符傳，及是收圖籍。
佳政在離人，能聲寄侯伯。離懷朔風起，試望秋陰積。
中路淒以寒，群山靄將夕。傷心聊把袂，怊悵一作悵望麒麟客。

餞唐州高使君赴任

永日奏文一作對時，東風摇蕩夕。浩然思樂事，翻復餞征客。
淮水春流清，楚山暮雲白。勿言行路遠，所貴專城伯。

奉和送金城公主適西番應制

帝女出天津，和戎轉屬一作綺輪。川經斷腸望，地與析支鄰。
奏曲風嘶馬，銜悲月伴人。旋知偃兵革，長是漢家親。

餞潞州陸長史再守汾州

河尹政成期，爲汾昔所推。不榮三入地，還美再臨時。

擁傳雲初合，聞鶯日正遲。道傍一作傍人多出餞，別有吏民思。

送賈起居奉使入洛取圖書因便拜覲

舊國才因地，當朝史命官。遺文征闕簡，還思采芳蘭。

傳發關門候，觴稱邑里歡。早持京副入，旋佇洛書刊。

奉和幸望春宮送朔方軍大總管張仁亶

邊郊草具腓，河塞有兵機。上宰調梅寄，元戎細柳威。

武貔東道出，鷹隼北庭飛。玉匣謀中野，金輿下太微。

投醪銜餞酌，緝衮事征衣。勿謂公孫老，行聞奏凱歸。

餞澤州盧使君赴任

聞道降綸書，爲邦建彩旟。政憑循吏往，才以貴卿除。

詞賦良無敵，聲華藹有餘。榮承四岳後，請絶五天初。

關路通秦壁，城池接晉墟。撰期行子賦，分典列侯居。

別望喧追餞，離言系慘舒。平蕪寒蛩亂，喬木夜蟬疏。

寥泬秋先起，推移月向諸。舊交何以贈，客至待烹魚。

餞趙尚書攝御史大夫赴朔方軍

勁虜欲南窺一作飛，揚兵護朔陲。趙堯甯易印，鄧禹即分麾。

野餞回三傑，軍謀用一作出六奇。雲邊愁一作看出塞，日下愴臨岐。

拔劍行人舞，揮戈戰馬馳。明年麟閣上，充國畫一作拜于斯。

28. 徐彥伯

奉和送金城公主適西番應制

鳳扆憐簫曲，鸞閨念掌珍。羌庭遥築館，廟策重和親。

星轉一作去銀河夕，花移玉樹春。聖心凄送遠，留蹕望征塵。

餞唐州高使君赴任

香蕚媚紅滋，垂條縈緑絲。情人拂瑶袂，共惜此芳時。
驌驦已躑躅，鳥隼方葳蕤。跂予望太守，流潤及京師。

送特進李嶠入都祔廟

特進三公下，臺臣百揆先。孝圖開寢石，祠主蔔牲筵。
恩級青綸賜，徂裝紫橐懸。綢繆金鼎席，宴餞玉潢川。
北斗分征路，東山起贈篇。樂池歌緑藻，梁苑藉紅荃。
騎轉商岩日，旌摇關塞煙。廟堂須鯁議，錦節佇來旋。

餞唐永昌

金溪碧水玉潭沙，鳧舄翩翩弄日華。
鬥雞香陌行春倦，爲摘東園桃李花。

29. 駱賓王

秋日餞陸道士陳文林並序

陸道士將遊西輔，通莊指浮氣之關；陳文林言返東吴，修途走落星之浦。于是維舟錦水，藉蘭若以開筵；絏騎金堤，泛榴花于祖道。于時赤煙沉節，青女司晨。霜雁銜蘆，舉賓行而候氣；寒蟬噪柳，帶涼序以含情。加以山接太行，聳羊腸而飛蓋；河通少海，疏馬頰以開瀾。登高切送歸之情，臨水感逝川之歎。既而嗟别路之難駐，惜離尊之易傾。雖漆園筌蹄，已忘然一作言于道術。而陟陽風雨，尚抒情于咏歌。各賦一言，同爲四韻。庶幾别後，有暢離憂云爾。

青牛遊華嶽，赤馬一作鳥走吴宫。玉柱離鴻怨，金罍浮蟻空。
日霽崤陵雨，塵起洛陽風。唯當玄度月，千里與君同。

送鄭少府入遼共賦俠客遠從戎

邊烽警榆塞，俠客渡桑幹。柳葉開銀鏑，桃花照玉鞍。

滿月臨弓影，連星入劍端。不學燕丹客，空歌易水寒。

送費六還蜀

星樓望蜀道，月峽指吳門。萬行流别淚，九折切驚魂。
雪影含花落，雲陰帶葉昏。還愁三徑晚，獨對一清尊。

秋日送侯四得彈字

我留安豹隱，君去學鵬摶。歧路分襟易，風雲促膝難。
夕漲流波急，秋山落日寒。惟有思歸引，凄斷爲君彈。

秋日送尹大赴京並序

尹大官三冬道暢，指蘭台而拾青；薛六郎四海情深，飛桂尊而舉白。于時兔苑東上，龍火西流。劍彩沉波，碎楚蓮于秋水；金輝照岸，秀陶菊于寒堤。既切送歸之情，彌軫窮途之感。重以清江帶地，聞吳會于星津。白雲在天，望長安于日路。人之情也，能不悲乎？雖道術相望，協神交于靈府。而風煙懸，隔貴申心于翰林。請振詞鋒，用開筆海。人爲四韻，用慰九秋。

掛瓢余隱舜，負鼎爾干湯。竹葉離樽滿，桃花别路長。
低河耿秋色，落月抱寒光。素書如可嗣，幽谷佇賓行。

秋夜送閻五還潤州並序

閻五官言返維桑，修途指金陵之地；李六郎交深投漆，開筵浮白玉之尊。于時璧彩澄虛，漏輕光于雲葉；珪陰散迥，摇碎影于風梧。雖桂醑蘭缸，暫淹留于一夕；而青山黄鶴，將惆悵于九秋。請勒四言，俱伸五際。

通莊抵舊里，溝水泣新知。斷雲飄易滯，連露積難披。
素風一作翻啼迥堞，驚月繞疏枝。無力勵短翰，輕舉送長離。

送王明府參選賦得鶴

振衣遊紫府，飛蓋背青田。虛心恒警露，孤影尚凌煙。

離歌凄妙曲，別操繞繁弦。在陰如可和，清響會聞天。

秋日送別

寂寥心事晚，摇落歲時秋。共此傷年發，相看惜去留。

當歌應破涕，哀命返窮愁。別後能相憶，東陵有故侯。

別李嶠得勝字

芳尊徒自滿，別恨轉難勝。客似遊江岸，人疑上灞陵。

寒更承夜永，涼景向秋澄。離心何以贈，自有玉壺冰。

在兖州餞宋五之問

淮沂泗水地，梁甫汶陽東。別路青驪遠，離尊綠蟻空。

柳寒凋密翠，棠晚落疏紅。別後相思曲，凄斷入琴風。

送宋五之問得涼字

願言遊泗水，支離去二漳。道術君所篤，筌蹄餘自忘。

雪威侵竹冷，秋爽帶池涼。欲驗離襟切，歧路在他鄉。

送郭少府探得憂字

開筵枕德水，輟棹艤仙舟。貝闕桃花浪，龍門竹箭流。

當歌凄別曲，對酒泣離憂。還望青門外，空見白雲浮。

送劉少府遊越州

一丘余枕石，三越爾懷鉛。離亭分鶴蓋，別岸指龍川。

露下一作背夏蟬聲斷，寒來一作來寒雁影連。如何溝水上，凄斷聽離弦。

送吴七遊蜀

日觀分齊壤，星橋接蜀門。桃花嘶別路，竹葉瀉離樽。

夏老一作盡蘭猶茂，秋深一作新柳尚繁。霧銷山望迥，風高野聽喧。

勞歌徒欲奏，贈別竟無言。唯有當秋月，空照野人園。

西行别東臺詳正學士

意氣坐相親，關河别故人。客似一作自秦川上，歌疑一作從易水濱。

塞荒行辨玉，臺遠尚名輪。泄井懷邊將，尋源重漢臣。

上苑梅花早，御溝楊柳新。只應持此曲，别作邊城春。

餞鄭安陽入蜀

彭山一作門折阪外，井絡少城隈。地是三巴俗，人非百里材。

畏一作長途君悵望，歧一作别路我徘徊。心賞風煙隔，容華歲月催。

遥遥分鳳野，去去轉龍媒。遺錦非前邑，鳴琴即舊臺。

劍門千仞起，石路五丁開。海客乘槎渡，仙童馭竹回。

魂將離鶴遠，思逐斷猿哀。唯有雙鳧舄，飛去復飛來。

于易水送人

此地别燕丹，壯士發一作壯發上沖冠。

昔時人已没，今日水猶寒。

送别

寒更承夜永，涼夕向秋澄。離心何以贈，自有玉壺冰。

30. 薛曜

送道士入天台

洛陽陌上多離别，蓬萊山下足波潮。

碧海桑田何處在，笙歌一聽一遥遥。

登綿州富樂山别李道士策

珠闕崑山遠，銀宫漲海懸。送君從此路，城郭幾千年。

雲霧含丹景，桑麻覆細田。笙歌未盡曲，風馭獨泠然。

31. 于季子

南行別弟一作楊師道詩，《英華》作韋承慶南中咏雁

萬里人南去，三春雁北飛。不知何歲月，得與爾同歸。

32. 劉希夷

送友人之新豐

日暮秋風起，關山斷別情。淚隨黃葉下，愁向緑樽生。
野路歸驂轉，河洲宿鳥驚。賓遊寬旅宴，王事促嚴程。

餞李秀才赴舉

鴻鵠振羽翮，翻飛入帝鄉。朝鳴集銀樹，暝宿下金塘。
日月天門近，風煙夜一作客路長。自憐窮浦雁，歲歲不隨陽。

洛中晴月送殷四入關

清洛浮橋南渡頭，天晶一作明萬里散華洲。晴看石瀨光無數，曉入寒潭浸不流。微雲一點曙煙起，南陌憧憧遍行子。欲將此意與君論，復道秦關尚千里。

33. 陳子昂

送別出塞

平生聞高義，書劍百夫雄。言登青雲去，非此白頭翁。
胡兵屯塞下，漢騎屬一作入雲中。君爲白馬將，腰佩騂角弓。
單于不敢射，天子佇深功。蜀山余方隱，良會何時同。

登薊丘樓送賈兵曹入都

東山宿昔意，北征非我心。孤負平生願，感涕下沾襟。暮登薊樓上，永望燕山岑。遼海方漫漫，胡沙飛且深。峨眉杳如夢，仙子曷由尋。擊劍起歎息，白日忽西沉。聞君洛陽使，因數寄南音。

夏日暉上人房别李参軍崇嗣並序序内缺二字

考察天人，旁羅變動。東西南北，賢聖不能定其居。寒暑晦明，陰陽不能革其數。莫不雲離雨散，賓士于宇宙之間；宋遠燕遥，泣别于關山之際。自古來矣，李參軍白雲英胄，紫氣仙人。愛江海而高尋，頓風塵而未息。來從許下，月旦出于龍泉；言入蜀中，星文見于牛斗。野亭相遇，逆旅承歡。謝鯤之山水暫開，樂廣之雲天自樂。思道林而不見，悵若有亡；詣祇樹而從遊，□然舊款。高僧展袂，大士臨筵。披□路之天書，坐琉璃之寶地。簾帷後辟，拂鸚鵡之香林；欄檻前開，照芙蓉之緑水。討論儒墨，探覽真玄。覺周孔之猶述一作迷，知老莊之未晤一作悟。遂欲高攀寶座，伏奏金仙。開不二之法門，觀大千之世界。歡娱恍晚，離别行催。紅霞生而白日歸，青氣凝而碧山暮。驪歌斷引，抗手將辭。江漢浩浩而長流，天地居然而不動。嗟乎！色爲何色，悲樂忽而因生；誰去誰來，離會紛而妄作。俗之迷也，不亦煩乎。各述所懷，不拘章韻。

四十九變化，一十三死生。翕忽玄黄裏，驅馳風雨情。是非紛妄作，寵辱坐相驚。至人獨幽鑒一作覽，窈窕隨昏明。咫尺山河道，軒窗日月庭。别離焉足問，悲樂固能並。我輩何爲爾，棲皇猶未平。金臺可攀陟，寶界絶將迎。户牖觀天地，階基上杳冥。自超三界樂，安知萬里征。中國要荒内，人寰宇宙榮。弦望如朝夕，寧嗟蜀道行。

送殷大入蜀

禺一作蜀山金碧路，此地饒英靈。送君一爲别，凄斷故鄉情。
片一作夏雲生極浦，斜日隱離亭。坐看征騎没，惟見遠山青。

落第西還别劉祭酒高明府

别館分周國，歸驂入漢京。地連函谷塞，川接廣陽城。

望迴樓臺出，途遥煙霧生，莫言長落羽，貧賤一交情。

落第西還别魏四懍

轉蓬方不定，落羽自驚弦。山水一爲别，歡娱復幾年。

離亭暗風雨，征路入雲煙。還因北山徑一作返，歸守東坡田。

送客

故人洞庭去，楊柳春風生。相送河洲晚，蒼茫别思盈。

白蘋已堪把，綠芷復含榮。江南多桂樹，歸客贈生平。

春夜别友人二首

銀燭吐青煙，金樽對綺筵。離堂思琴瑟，别路繞山川。

明月隱高樹，長河没曉天。悠悠洛陽道一作去，此會在何年。

紫塞白雲斷，青春明月初。對此芳樽夜，離憂悵有餘。

清泠花路滿，滴瀝簷宇虚。懷君欲何贈，願上大臣書。

遂州南江别鄉曲故人

楚江復爲客，征棹方悠悠。故人憫追送，置酒此南洲。

平生亦何恨，夙昔在林丘。違此鄉山别，長謡去國愁。

送東萊王學士無競

寶劍千金買，平生未許人。懷君萬里别，持贈結交親。

孤松宜晚歲，衆木愛芳春。已矣將何道，無令白首一作發新。

送梁李二明府

負書猶在漢，懷策未聞秦。復此窮秋日，芳樽别故人。

黄金裝屢盡，白首契逾新。空羡雙鳧舄，俱飛向玉輪。

送魏兵曹使巂州得登字

陽山淫霧雨，之子慎攀登。羌筰多珍寶，人言有愛憎。

欲酬明主惠，當盡使臣能。勿以王陽道一作歎，迢遞一作邛道畏峻嶒。

送著作佐郎崔融等從梁王東征並序

古者涼風至，白露下。天子命將帥，訓甲兵，將以外威荒戎，內輯中夏，時義遠矣。自我大君受命，百蠻蟻伏。匈奴舍蒲萄之宮，越裳重翡翠之貢。虎符不發，象譯攸同。實欲高議靈台，偃兵一作伯天下。而林胡遺孽，瀆亂邊甿。驅蚊蚋之師，忽雷霆之伐。乃竊海裔，弄燕陲。皇帝哀北鄙之人，罹其辛螫。以東征之義，降彼偏裨。猶恐威令未孚，亭塞仍梗。乃謀元帥，命佐軍，得朱邸之天人，乃黃閣之元老。廟堂授鉞，鑿門申命。建梁國之旌旗，吟漢庭之簫鼓。東向而拜，北道長驅。蜺旄羽騎之殷，戈翻落日；突鬢蒙輪之勇，劍決浮雲。方且獵九都，窮踏頓，存肅慎，吊姑餘。彷徨赤山，巡禦日域。以昭我王師，恭天討也。歲七月，軍出國門。天晶無雲，朔風清海。時比部郎中唐奉一、考功員外郎李迥秀、著作佐郎崔融並參帷幕之賓，掌書記之任。燕南悵別，洛北思歡。頓旌節而少留，傾朝廷而出餞。永昌丞房思玄，衣冠之秀，乃張蕙圃，席蘭堂，環曲榭，羅羽觴。寫中京之望，縱候亭之賞。爾乃投壺習射，博奕觀兵。鏜金鐃，戛瑶琴，歌易水之慷慨，奏關山以徘徊。頹陽半林，微陰出座。思長風以破浪，恐白日之蹉跎。酒中樂酣，拔劍起舞。則已氣横遼碣，志掃獯戎。抗手何言，賦詩以贈。

金天方肅殺，白露始專征。王師非樂戰，之子慎佳兵。
海氣侵南部，邊風掃北平。莫賣盧龍塞，歸邀麟閣名。

春晦餞陶七于江南同用風字並序序内缺七字

蜀江分袂，巴山望别。南津坐恨，歎仙帆之方遥；北渚長懷，見離亭之欲晚。白雲去矣，□□□□□□□；黃鶴何

之，楊柳青而三春暮。我之懷矣，能無贈乎！同賦一言，俱題四韻

黃鶴煙雲一作霞去，青江琴酒同。離帆方楚越，溝水復西東。

芙蓉生夏浦，楊柳送春風。明日相思處，應對菊花叢。

登薊城西北樓送崔著作融入都並序

僕嘗倦遊，傷別久矣。况登樓遠國，銜酒故人。憤胡孽之侵邊，從王師之出塞。元戎按甲，方刈鮮卑之壘，天子賜書，且有君相之。召而崔侯佩劍，即謁承明。群公負戈，方絕大漠。燕山北望，遼海東浮。雲台與碣館天殊，亭障共衣冠地隔。撫劍何道，長謠增歎。以身許國，我則當仁。論道匡君，子思報主。仲冬寒苦，幽朔初平。蒼茫天兵之氣，冥滅戎雲之色，白羽一指，可掃九都。赤墀九重，佇觀獻凱。心期我願斯遂，君恩一作遂君之恩共有。策勳飲至，方同廊廟之歡。偃武櫜弓，借爾文儒之首。薊丘故事，可以贈言。同賦登薊樓送崔子云爾。

薊樓望燕國，負劍喜茲登。清規子方奏，單戟我無能。

仲冬邊風急，雲漢復霜棱。慷慨竟何道，西南恨失朋。

和陸明府贈將軍重出塞

忽聞天上將，關塞重橫行。始返樓蘭國，還向朔方城。

黃金裝戰馬，白羽集神兵。星月開天陣，山川列地營。

晚風吹畫角，春色耀飛旌。寗知班定遠，猶一作獨是一書生。

贈別冀侍御崔司議並序

朝廷歡娛，山林幽痗。思魏闕魂已九飛，飲岷江情復三樂。進不忘匡救于國，退不慚無悶在林。冀侍御、崔司議至公至平，許我以語默于是矣。夫達則以公濟天下，窮則以大

道理身。嗟乎！子昂豈敢負古人哉。蜀國酒醨，無以娱客。至于挾清瑟，登高山，白雲在天，清江涵月，可以散孤憤，可以遊太清，一世之逸人，寄千里之道友。吾欲不謝于崔冀二公矣。所恨酒未醒，琴方清。王事靡盬，驛騎遄速。不盡平原十日之飲，又謝叔度累日之歡。雲山悠悠，歎不及也。載想房陸畢子爲軒冕之人，不知蜀山有雲，巴水可興，睽闕良會。我心恝然，請以此酣。寄謝諸子，爲巴山别引也。

有道君匡國，無悶一作機余在林。
白雲峨眉一作岷峨上，歲晚來相尋。

34. 張説

送郭大夫元振再使吐蕃

犬戎廢東獻，漢使馳西極。長策問酋渠，猜一作攜阻自夷殛。容發徂邊歲，旌裘敝海色。五年一見家，妻子不相識。武庫兵猶動，金方事未息。遠圖待才智，苦節輸筋力。脱刀贈分手，書帶加餐食。知君萬里侯，立功在異域。

送李侍郎迥秀薛長史季昶同賦得水字

漢郡接胡庭，幽並對烽壘。旌旗按部曲，文武惟卿士。薛公善籌畫，李相威邊鄙。中冀分兩河，長城各萬里。藉馬黄花塞，搜兵白狼水。勝敵在安人，爲君汗青史。

别平一師

王子不事俗，高駕眇難追。茅土非屑盼，傾城無樂資。宴坐深林中，三世同一時。皎皎獨往心，不爲塵網欺。竭來已復去，今去何來思。回首謝同行，勤會安請期。

送王光庭

同居洛陽陌，經日懶相求。及爾江湖去，言别悵悠悠。
楚雲眇羈翼，海月倦行舟。愛而不可見，徒嗟芳歲流。

新都南亭送郭元振盧崇道一作盧崇道詩。題云，新都南亭送郭大元振

竹徑女蘿蹊，蓮洲文石堤。靜深人俗斷，尋玩往還迷。碧潭秀初月，素林驚夕棲。褰幌納蟾影，理琴聽猿啼。佳辰改宿昔，勝寄坐睽攜。長懷賞心愛，如玉復如珪。

送尹補闕元凱琴歌公善琴

鳳哉鳳哉，啄琅玕，飲瑶池，棲昆侖之山哉。中國有聖人，感和氣，飛來飛來。自歌自舞，先王册府，麒麟之臺，羈雌衆雛故山曲。其鳴喈喈，其鳴喈喈，欲往銜之歘去來，去别鸞鳳心徘徊。明年阿閣梧桐花葉開，群飛鳳歸來，群飛鳳歸來。

送考功武員外學士使嵩山署舍利塔

懷玉泉，戀仁者，寂滅真心不可見，空留影塔嵩岩下。寶王四海轉千輪，金曇百粒送分身。山中二月娑羅會，虛唄遥遥愁思人。我念過去微塵劫，與子禪門同正法。雖在神仙蘭省間，常持清淨蓮花葉。來亦好，去亦好，了觀車行馬不移，當見菩提離煩惱。

奉和聖制送金城公主適西番應制

青海和親日，潢星出降時。
戎王子壻寵一作禮，漢國舅家慈。
春野開離宴，雲天起别詞。
空彈馬上曲，詎減鳳樓思一作悲。

送鄭大夫惟忠從公主入番

鳳吹遥將斷，龍旗送欲還。傾都邀節使，傳酌緩離顔。
春磧沙連海，秋城月對關。和戎因賞魏，定遠莫辭班。

餞唐州高使君

常時好閑獨，朋舊少相過。及爾宣風去，方嗟别日多。
淮流春晼晚，江海路蹉跎。百歲屢分散，歡言復幾何。

送王晙自羽林赴永昌令

將星移北洛，神雨避東京。爲負剛腸譽，還追強項名。

白雲向伊闕，黃葉散昆明。多謝弦歌宰，稀聞桴鼓聲。

同王僕射山亭餞岑廣武羲得言字

聞道長岑令，奮翼宰旅門。長安東陌上，送客滿朱軒。

琴爵留佳境，山池借好園。兹遊恨不見，别尾碼離言。

送王尚一嚴嶷二侍御赴司馬都督軍

漢掖通沙塞，邊兵護草腓。將行司馬令，助以鐵冠威。

白露鷹初下，黃塵騎欲飛。明年春酒熟，留酌二星歸。

送李問政河北簡兵

斗酒貽朋愛，躊躕出御溝。依然四牡别，更想八龍遊。

密親仕燕冀，連年邇寇讎。因君閱河朔，垂淚語幽州。

送薛植入京

青組言從史，鴻都忽見求。款言人向老，飲别歲方秋。

彷彿長安陌，平生是舊遊。何時復相遇，宛在水中流。

端州别高六戩

異壤同羈竄，途中喜共過。愁多時舉酒，勞罷或長歌。

南海風潮壯，西江瘴癘多。于焉復分手，此别傷如何。

南中别蔣五岑向青州

老親依北海，賤子棄南荒。有淚皆成血，無聲不斷腸。

此中逢故友，彼地送還鄉。願作楓林一作江楓葉，隨君度洛陽。

南中别陳七李十

二年共遊處，一旦各西東。請君聊駐馬，看我轉征蓬。

畫鷁愁南海，離駒思北風。何時似春雁，雙入上林中。

南中别王陵成崇

握手與君别，歧路贈一言。曹卿禮公子，楚媪饋王孫。

倏爾生六翮，翻飛戾九門。常懷客鳥意，會答主人恩。

嶺南送使

秋雁逢春返，流人何日歸。將余去國淚，灑子入鄉衣。

饑狖啼相聚，愁猿喘更飛。南中不可問，書此示京畿。

盧巴驛聞張御史張判官欲到不得待留贈之

旅竄南方遠，傳聞北使來。舊庭知玉樹，合浦識珠胎。

白髮因愁改一作變，丹心一作誠托夢回。皇恩若再造，爲憶不然灰。

送蘇合宫頲

都邑群方首，商泉舊俗訛。變風須愷悌，成化佇弦歌。

疇昔珪璋友，雍容文雅多。振纓遊省闥，鏘玉宰京河。

别曲鸞初下，行軒雉尚過。百壺非餞意，流咏在人和。

送喬安邑備

書閣移年歲，文朋難復辭。歡言冬雪滿，恨别夏雲滋。

外尹方爲政，高明自不欺。老人驂馭往，童子狎雛嬉。

日茂西河俗，寂寥東觀期。遥懷秀才令，京洛見新詩。

送趙二尚書彦昭北伐

虜地河冰合，邊城備此時。兵連紫塞路，將舉白雲司。

提劍榮中貴一作賞，銜珠盛出師。日華光一作鮮組練，風色焰一作豔旌旗。

投筆尊前起，横戈馬上辭。梅花吹别引，楊柳賦歸詩。

南中送北使二首

傳聞合浦葉，曾向洛陽飛。何日南風至，還隨北使歸。紅顔渡嶺歇，白首對秋衰。高歌何由見，層堂一作臺不可違。誰憐炎海曲，淚盡血沾衣。

待罪居重譯，窮愁暮雨秋。山臨鬼門路，城繞瘴江流。人事今如此，生涯尚可求。逢君入鄉縣，傳我念京周。別恨歸一作經途遠，離言暮景遒。夷歌翻下淚，蘆酒未消愁。聞有胡兵急，深懷漢國羞。和親先是詐，款塞果爲讎。釋系應分爵，蠲徒幾復侯。廉頗誠未老，孫叔且無謀。若道馮唐事，皇恩尚可收。

送宋休遠之蜀任

求友殊損益，行道異窮申。綴我平生氣，吐贈薄遊人。結恩事明主，忍愛遠辭親。色麗成都俗，膏腴蜀水濱。如何從宦子，堅白共緇磷。日月千齡旦，河山萬族春。懷鉛書瑞府，横草事邊塵。不及安人吏，能令王化淳。

送梁知微渡海東

今日此相送，明年此相待。天上客星回，知君渡東海。

嶺南送使二首

獄中生白髮，嶺外罷紅顏。古來相送處，凡得幾人還。

萬里投荒裔，來時不見親。一朝成白首，看取報家人。

送敬丞

嘉會良難永，芳樽此夜閑。別離三春暮，親愛兩鄉間。

落花已覆水，巖雲欲起山。庭蘭行可佩，采采贈河關。

35. 李乂

送沙門弘道俊玄奘還荆州應制

初日承歸旨，秋風起贈言。漢珠留道味，江璧返真源。

地出南關遠，天回北斗尊。寧知一柱觀，卻啟四禪門。

餞許州宋司馬赴任

展驥旌時傑，談雞美代賢。暫離仙掖務，追送近郊筵。

地慘金商節，人康璧假田。從來昆友事，咸以佩刀傳。

餞唐州高使君赴任

淮源之水清，可以濯君纓。彼美稱才傑，親人佇政聲。
歲寒疇曩意，春晚别離情。終歎臨岐遠，行看擁傳榮。

奉和幸望春宫送朔方軍大總管張仁亶

邊郊草具腓，河塞有兵機。上宰調梅寄，元戎細柳威。
武貔東道出，鷹隼北庭飛。玉匣謀中野，金輿下太微。
投醪銜餞酌，緝衮事征衣。勿謂公孫老，行聞奏凱歸。

夏日都門送司馬員外逸客孫員外佺北征時

相王爲元帥，魏大夫元忠爲副。

日逐滋南寇，天威撫北垂。析珪行仗節，持印且分麾。
羽檄雙鳧去，兵車駟馬馳。虎旗懸氣色，龍劍抱雄雌。
候月期戡翦，經時念别離。坐聞關隴外，無復引弓兒。

餞唐永昌

田郎才貌出咸京，潘子文華向洛城。
願以深心留善政，當令強項謝一作識高名。

36. 盧藏用

餞唐州高使君赴任

餞酒臨豐樹，褰帷出魯陽。蕙蘭香已晚，桐柏路猶長。
祖逖方城鎮，安期外氏鄉。從來二千石，天子命唯良。

餞許州宋司馬赴任

國爲休徵選，輿因仲舉題。山川襄野隔，朋酒灞亭暌。
零雨征軒騖，秋風别驥嘶。驪歌一曲罷，愁望正凄凄。

37. 岑羲

餞唐州高使君

蒼茫南塞地，明媚上春時。目極傷千里，懷君不自持。
征車別歧路，斜日下崦嵫。一歎軺軒阻，悠悠即所思。

38. 薛稷

奉和送金城公主適西番應制

天道寧殊俗，慈仁一作深恩乃戢兵。懷荒寄赤子，忍愛鞠蒼生。
月下瓊娥去，星分寶婺行。關山馬上曲，相送不勝情。

餞許州宋司馬赴任

令弟與名兄，高才振兩京。別序聞鴻雁，離章動鶺鴒。
遠朋馳翰墨，勝地寫丹青。風月相思夜，勞望潁川星。

餞唐永昌

河洛風煙壯市朝，送君飛鳧去漸遥。
更思明年桃李月，花紅柳綠宴浮橋。

39. 馬懷素

奉和送金城公主適西番應制

帝子今何去一作在，重姻適異方。離情愴宸掖，別路繞關梁。
望絶園中柳，悲纏陌上桑。空餘願黄鶴，東顧憶回翔。黄鶴見《漢書・西域傳》，公主歌云：願爲黄鵠兮歸故鄉。

餞許州宋司馬赴任

潁川開郡邑，角宿分躔野。君非仲舉才，誰是一作應題輿者。
憫憫琴上鶴，蕭蕭路傍馬。嚴程若可留，別袂希再把。

餞唐州高使君赴任

外牧資賢守，斯人奉帝俞。淮南膺建隼，渭北暫分符。

坐歎煙波隔，行嗟物候殊。何年升美課一作政，回首一作看北城隅。

餞唐永昌

聞君出宰洛陽隅，賓友稱觴餞路衢。

别後相思在何處，只應關一作闕下望仙鳧。

40. 沈佺期

别侍御嚴凝

七澤雲夢林，三湘洞庭水。自古傳剽俗，有時逋惡子。

令君出使車，行邁方靡靡。静言芟枳棘，慎勿傷蘭芷。

送喬隨州侃

結交三十載，同遊一萬里。情爲契闊生，心由别離死。

拜恩前後人，從宦差池起。今爾歸漢東，明珠報知己。

送友人任括州

青春浩無際，白日乃遲遲。胡爲賞心客，歎邁一作遇此芳時。

甌粤迫兹守，京闕從此辭。茫茫理雲帆，草草念行期。

紛吾結遠佩，帳餞出河湄。太息東流水，盈觴難再持。

餞遠

任子徇遐祿，結友開舊襟。撰酌輟行歎，指途勤遠心。

秋晶澄回壑，霽色肅明林。曖然清軒暮，浩思非所任。

送金城公主適西番應制

金榜扶丹掖，銀河屬紫閽。那堪將鳳女，還以嫁烏孫。

玉就歌中怨，珠辭掌上恩。西戎非我匹，明主至公存。

李舍人山園送龐邵

符傳有光輝，喧喧出帝畿。東鄰借山水，南陌駐驂騑。
握手涼風至，當歌秋日微。高幨去勿緩，人吏待霜威。

送陸侍御余慶北使

古人貴將命，之子出輶軒。受委當不辱，隨時敢贈言。
朔途際遼海，春思繞轘轅。安得回白日，留歡盡綠樽。

餞高唐州詢

弱冠相知早，中年不見多。生涯在王事，客一作容鬢各蹉跎。
良守初分嶽，嘉聲即潤河。還從漢闕下，傾耳聽中和。

餞唐郎中洛陽令

一臺推往妙，三史佇來修。應宰鳧還集，辭郎雉少留。
郊筵乘落景，亭傳理殘秋。願以弦歌暇，芝蘭想舊遊。

送韋商州弼

會府應文昌，商山鎮國陽。聞君監郡史，暫罷尚書郎。王事嗟相失，人情貴不忘。累年同晝省，四海接文場。點翰芳春色，傳杯明月光。故交從此去，遥憶紫芝香。

夏日梁王席送張岐州

秦雞常下雍，周鳳昔鳴岐。此地推雄撫，惟良寄在斯。
家傳七豹貴，人擅八龍奇。高傳生光彩，長林歎別離。
天人開祖席，朝宷候征麾。翠帟當郊敞，彤幨向野披。
芃芃秋麥盛，苒苒夏條垂。奏計何時入，臺階望羽儀。

夏日都門送司馬員外逸客孫員外佺北征

時相王爲元帥，魏大夫元忠爲副。

二庭追虜騎，六月動周師。廟略天人授，軍麾相國持。
復言征二妙，才命一作令重當時。晝省連征橐，橫門共別詞。
雲迎出塞馬，風卷度河旗。計日方夷寇，旋聞杕杜詩。

送盧管記仙客北伐

羽檄西北飛，交城日夜圍。廟堂盛征選，戎幕生光輝。
雁行度函谷，馬首向金微。湛湛山川暮，蕭蕭涼氣稀。
餞途予悯默，赴敵子英威。今日楊朱淚，無將灑鐵衣。

餞唐永昌一作餞唐郎中洛陽令

洛陽舊有一作出神明宰，輦轂由來天地中。
余邑政成何足貴，因君取則四方同。

擬古別離

白水東悠悠，中有西行舟。舟行有返棹，水去無還流。奈何生別者，戚戚懷遠遊。遠遊誰當惜，所悲會難收。自君閬一作聞芳躧一作屣，青陽四五遒。皓月掩蘭室，光風虛蕙樓。相思無明晦，長歎累冬一作春秋。離居久遲暮，高駕何淹留。

洛州蕭司兵謁兄還赴洛成禮

棠棣日光輝，高襟應序歸。来成鴻雁聚，去作鳳皇飛。
細草承輕傳，驚花慘別衣。灞亭春有酒，歧路惜芬菲。

41. 張循之

送泉州李使君之任

傍海皆荒服，分符重漢臣。雲山百越路，市井十洲人。
執玉來朝遠，還珠入貢頻。連年不見雪，到處即行春。

送王汶宰江陰

郡北乘流去，花間竟日行。海魚朝滿市，江鳥夜喧城。
讓酒非關病，援琴不在聲。應緑五斗米，數日滯淵明。

婺州留别鄧使君

西掖馳名久，東陽出守時。江山婺女分，風月隱侯詩。
别恨雙溪急，留歡五馬遲。回舟映沙嶼，未遠剩相思。

42. 武平一

送金城公主適西番

廣化三邊靜，通煙四海安。還將膝下愛，特副域中歡。
聖念飛玄藻，仙儀下白蘭。日斜征蓋没，歸騎動鳴鸞。

餞唐永昌

聞君墨綬出丹墀，雙舄飛來佇有期。
寄謝銅街攀柳日，無忘粉署握蘭時。

43. 趙彦昭

奉和送金城公主適西番應制一作崔日用詩

聖後經綸遠，謀臣計畫多。受降追漢策，築館許戎和。
俗化烏孫壘，春生積石河。六龍今出餞，雙鶴願爲歌。

44. 蕭至忠

送張亶赴朔方應制一作劉憲詩

命將擇耆年，圖功勝必全。光輝萬乘餞，威武二庭宣。
中衢横鼓角，曠野蔽旌旃。推食天廚至，投醪御酒傳。
涼風過雁苑，殺氣下雞田。分閫恩何極，臨岐動睿篇。

45. 鄭愔

送金城公主適西番應制

下嫁戎庭遠，和親漢禮優。笳聲出虜塞，簫曲背秦樓。
貴主悲黄鶴，征人怨紫騮。皇情眷億兆，割念俯懷柔。

奉和幸望春宫送朔方大總管張仁亶

御蹕下都門，軍麾出塞垣。長楊跨武騎，細柳接戎軒。

睿曲風雲動，邊威鼓吹喧。坐帷將閫外，俱是報明恩。

46. 徐堅

奉和送金城公主適西番應制

星漢下天孫，車服降殊番。匣中詞易切，馬上曲虛繁。
關塞移朱帳，風塵暗錦軒。簫聲去日遠，萬里望河源。

餞許州宋司馬赴任

舊許星車轉，神京祖帳開。斷煙傷別望，零雨送離杯。
辭燕依空繞，賓鴻入聽哀。分襟與秋氣，日夕共悲哉。

餞唐永昌

郎官出宰赴伊瀍，征傳駸駸灞水前。
此時悵望新豐道，握手相看共黯然。

送考功武員外學士使嵩山置舍利塔歌

伊川別騎，灞岸分筵。對三春之花月，覽千里之風煙。望青山兮分地，見白雲兮在天。寄愁心于樽酒，愴離緒于清弦。共握手而相顧，各銜一作合凄而黯然。

送武進鄭明府

弦歌試宰日，城闕賞心違。北謝蒼龍去，南隨黃鵠飛。
夏雲海中出，吳山江上微。甿謠豈雲遠，從此慶緇衣。

47. 韋述

廣陵送別宋員外佐越鄭舍人還京一本題止還京二字，一作張謂詩

朱紱臨秦望，皇華赴洛橋。文章南渡越，書奏北歸朝。
樹入江雲盡，城銜海月遥。秋風將客思，川上晚蕭蕭。

48. 張諤

還京一作廣陵送別宋員外佐越鄭舍人還京，一作韋述詩

朱紱臨秦望，皇華赴洛橋。文章南渡越，書奏北歸朝。
樹入江雲盡，城銜海月遥。秋風將客思，川上晚蕭蕭。

送李著作倅杭州

輟史空三署，題輿佐一方。祖筵開霽景，征陌直朝光。
水陸風煙隔，秦吳道路長。佇聞敷善政，邦國咏惟康。

49. 孟浩然

送張子容進士赴舉一作赴進士舉

夕曛山照滅，送客出柴門。惆悵野中别，殷勤歧路一作醉後言。
茂林予偃息，喬木爾飛翻。無使穀風誚，須令友道存。

50. 盧崇道

新都南亭别郭大元振

竹徑女蘿蹊，蓮洲文石堤。静深人俗斷，尋玩往還迷。
碧潭秀初月，素林驚夕棲。褰幌納鳥侣，罷琴聽猿啼。
佳辰改宿昔，勝寄在睽攜。長懷賞心愛，如玉復如珪。

51. 麴崇裕（諾謔一）

送司功入京

崇裕爲冀州參軍，嘗有司功入京，以詩送之云云。司功曰：“大才士。先生其誰？”曰：“吳兒博士教此聲韻。”司功曰：“師明弟子哲。”

崇裕有幸會，得遇明流行。司士向京去，曠野哭聲哀。

52. 胡皓

奉天田明府席餞别

屬城富才雄，父（文）〔一〕園餞席同。此席何所餞？徭役五原中。疾沙亂飛雪，連車雜轉蓬。雁歸寒塞近，客散祖亭空。日夕不遑次，蕭條鳴朔風。

〔一〕“父園”二字有誤，卷端寫作“文園”，是也。

答徐四蕭關别醉後見投

蕭關城南隴入雲，蕭關城北海生荒。
咄嗟塞外同爲客，滿酌杯中一送君。

53. 元房陽

送薛大入洛伯三七七一

驚年嗟未極，别緒復相依。雁隨春北度，人共水東歸。
夜月臨軒盡，殘燈入曉微。哀怨一罷曲，幽桂徒芳菲。

54. 嚴巖

别宋侍御

水國南連楚，沙場北近胡。春風萬里别，明月兩鄉孤。

55. 張鷟

别崔瓊英

卞和山未斫，羊雍地不耕。自憐無玉子，何日見瓊英？

答文成贈别

鳳錦行須贈，龍梭久絶聲。自恨無機杼，何日見文成？

56. 法琳

別毛明素

叔夜嗟幽憤，陳思苦責躬。在餘今失候，枉與古人同。
草深難見日，松迴易來風。因言得意者，誰復免窮通？

按：《大正新修大藏經》第五十册唐釋彦撰《唐護法沙門法琳別傳》卷中。

57. 王績

被舉應徵別鄉中故人

皇明照區域，帝思屬風雲。燒山出隱士，治道送徵君。自惟〔蓬〕（逢）艾影，叨名蘭桂芬。使君留白璧，天子降玄纁。山雞終失望，野鹿暫辭群。川氣含丹日，鄉煙間白雲。停驂無以贈，握管遂成文。

按：祝尚書《〈全唐詩〉小補》云宋潘自牧《記纂淵海》卷六九引“自惟蓬艾影，叨名蘭桂芬”二句。

58. 王𠙶

別故人賦得淩雲獨鶴

單嘶淩碧霧，風飀入青雲。九皋空顧侶，千里會離群。
望海飛恒急，摩天影詎分？欲知淒斷意，琴裡自當聞。

按：《文苑英華》卷二八五。

59. 道會

別三輔諸僧

去住俱爲客，分悲損性情。共作無期別，誰能訪死生。

60. 七歲女子

送兄

別路雲初起，離亭葉正稀。所嗟人異雁，不作一行飛。

61. 鄭蜀賓

別親朋

唐新語云：“蜀賓老爲江左一尉，親朋餞于上東門，賦詩酒酣自咏聲調哀戚，竟卒于官。”

畏途方萬里，生涯近百年。不知將白首，何處入黃泉。

參考文獻

常璩撰，任乃強校注．華陽國志校補圖注［M］．上海：上海古籍出版社，1987.

陳伯海．唐詩彙評［M］．杭州：浙江教育出版社，1995.

陳飛．唐詩與科舉［M］．桂林：灕江出版社，1996.

陳尚君．全唐文補編［M］．北京：中華書局，2005.

陳尚君．唐代文學叢考［M］．北京：中國社會科學出版社，1997.

陳壽．三國志（第2版）［M］．北京：中華書局，1982.

程千帆，莫礪鋒，張宏生．被開拓的詩世界［M］．上海：上海古籍出版社，1990.

程千帆．唐代進士行卷與文學［M］．上海：上海古籍出版社，1980.

戴偉華．地域文化與唐代詩歌［M］．北京：中華書局，2006.

戴偉華．唐代幕府與文學［M］．北京：現代出版社，1992.

戴偉華．唐代使府與文學研究［M］．桂林：廣西師範大學出版社，2007.

戴偉華．唐代文學綜論［M］．北京：商務印書館，2006.

丁福保．歷代詩話續編［M］．北京：中華書局，1983.

董誥，等．全唐文［M］．北京：中華書局，1983.

杜曉勤．初盛唐詩歌的文化闡釋［M］．北京：東方出版社，1997.

杜佑．通典［M］．北京：中華書局，1988.
范曄．後漢書［M］．北京：中華書局，1965.
方回．瀛奎律髓彙評［M］．李慶甲，評點．上海：上海古籍出版社，1986.
房日晰．唐詩比較研究［M］．合肥：安徽大學出版社，2004.
傅璇琮．唐才子傳校箋［M］．北京：中華書局，1987.
傅璇琮．唐代科舉與文學［M］．西安：陝西人民出版社，1986.
傅璇琮．唐代詩人叢考［M］．北京：中華書局，1980.
高棅．唐詩品彙［M］．上海：上海古籍出版社，1982.
葛曉音．詩國高潮與盛唐文化［M］．北京：北京大學出版社，1998.
顧建國．張九齡研究［M］．北京：中華書局，2007.
郭紹林．唐五代洛陽的科舉活動與河洛文化的地位［J］．洛陽大學學報，2001（1）.
何文煥．歷代詩話［M］．北京：中華書局，1981.
胡震亨．唐音癸籤［M］．上海：上海古籍出版社，1981.
賈晉華．唐代集會總集與詩人群研究［M］．北京：北京大學出版社，2001.
孔祥俊．唐長安送别詩與灞柳文化［D］．西安：西北大學，2010.
李寶霞．初唐祖餞活動與别情詩考論［D］．青島：青島大學，2013.
李德輝．唐代交通與文學［M］．長沙：湖南人民出版社，2003.
李德輝．唐宋時期館驛制度及其與文學之關係研究［M］．北京：人民文學出版社，2008.
李昉，等．文苑英華［M］．北京：中華書局，1966.
李林甫．唐六典［M］．北京：中華書局，1992.
李孝聰．唐代地域結構與運作空間［C］．上海：上海辭書出版社，2003.
李肇．唐國史補［M］．上海：上海古籍出版社，1979.
李正春．唐代組詩研究［M］．南京：鳳凰出版社，2011.
林靜．初唐文士入蜀現象與詩歌關係研究［D］．北京：北京大學，2013.
劉潔．唐詩題材類論［M］．北京：民族出版社，2005.
劉肅．大唐新語［M］．北京：中華書局，1984.
劉昫．舊唐書［M］．北京：中華書局．1975.
駱祥發．初唐四傑研究［M］．北京：東方出版社，1993.
歐陽修，等．新唐書［M］．北京：中華書局，1975.
彭定求，等．全唐詩［M］．北京：中華書局，1999.
彭慶生．陳子昂詩注［M］．成都：四川人民出版社，1981.
彭慶生．初唐詩歌繫年考［M］．北京：北京大學出版社，2012.
逯欽立．先秦漢魏晉南北朝詩［M］．北京：中華書局，1983.
任國緒．盧照鄰集編年箋注［M］．哈爾濱：黑龍江人民出版社，1989.
任爽．唐朝典章制度［M］．長春：吉林文史出版社，2001.
尚永亮．唐五代逐臣與貶謫文學研究［M］．武漢：武漢大學出版社，2007.
史念海．唐代歷史地理研究［M］．北京：中國社會科學出版社，1998.
司馬光．資治通鑑［M］．北京：中華書局，2013.
司馬遷．史記（第 2 版）［M］．北京：中華書局，2013.
宋濂撰，羅月霞主編．宋濂全集［M］．杭州：浙江古籍出版社，1999.
譚優學．唐詩人行年考［M］．成都：四川人民出版社，1981.
譚優學．唐詩人行年考續編［M］．成都：巴蜀書社，1987.
陶敏，傅璇琮．唐五代文學編年史：初盛唐卷［M］．瀋陽：遼海出版社，1998.
陶敏，李一飛. 隋唐五代文學史料學［M］. 北京：中華書局，2001.
陶敏，易淑瓊. 沈佺期宋之問集校注［M］. 北京：中華書局，2001.
陶敏. 全唐詩人名考證［M］. 西安：陝西人民教育出版社，1996.
陶易. 唐代進士錄［M］. 合肥：安徽大學出版社，2010.
佟培基. 全唐詩重出誤收考［M］. 西安：陝西人民教育出版社，1996.
王莉. 禪思與詩情：惠洪詩僧身份與其送别詩文體之關係研究［M］//中國詩學：第二十七輯. 北京：人民文學出版社，2019.
王莉. 初唐送别詩的地域結構及其與文學之關係研究［M］//古代文學理論研究：第四十六輯. 上海：華東師範大學出版社，2018.
王莉. 遊與住：北京禪林贈别修道僧詩偈的文化意蘊與書寫體制［M］//宏德學刊：第十三輯. 北京：商務印書館，2021.
王溥，等. 唐會要［M］. 上海：上海古籍出版社，1991.
王兆鵬. 唐代科舉考試詩賦用韻研究［M］. 濟南：齊魯書社，2004.
王仲鏞. 唐詩紀事校箋［M］. 成都：巴蜀書社，1989.
吴承學. 中國古代文體形態研究［M］. 廣州：中山大學出版社，2000.
吴明賢、李天道. 唐人的詩歌理論［M］. 成都：巴蜀書社，2006.
吴宗國. 唐代科舉制度研究［M］. 瀋陽：遼寧大學出版社，1997.

辛文房著，傅璇琮主編. 唐才子傳校箋［M］. 北京：中華書局，1989.

熊飛. 張九齡集校注［M］. 北京：中華書局，2008.

熊飛. 張説集校注［M］. 北京：中華書局，2013.

徐定祥. 李嶠詩注［M］. 上海：上海古籍出版社，1995.

徐文茂. 陳子昂論考［M］. 上海：上海古籍出版社，2002.

許慎著，段玉裁注. 說文解字注［M］. 上海：上海古籍出版社，1988.

許智銀. 唐代送別詩研究［M］. 上海：上海古籍出版社，2020.

許智銀. 唐代送別詩的飛禽意象［J］. 西北民族大學學報（哲學社會科學版），2009（3）.

許智銀. 唐代送別詩的題式［J］. 山西師大學報（社會科學版），2007（1）.

許智銀. 唐人送別詩中的吐蕃［J］. 黑龍江民族叢刊，2009（4）.

嚴耕望. 嚴耕望史學論文集［M］. 上海：上海古籍出版社，2009.

楊恩成. 初唐邊塞詩的時代特徵［J］. 陝西師大學報（哲學社會科學版），1985（2）.

楊柳、駱祥發. 駱賓王評傳［M］. 北京：北京出版社，1987.

宇文所安. 初唐詩［M］. 賈晉華，譯. 北京：生活·讀書·新知三聯書店，2004.

郁賢皓. 唐風館雜稿［M］. 瀋陽：遼寧大學出版社，1999.

張浩遜. 唐詩分類研究［M］. 南京：江蘇教育出版社，1999.

張志烈. 初唐四傑年譜［M］. 成都：巴蜀書社，1993.

張仲裁. 唐五代文人入蜀考論［M］. 北京：中國社會科學出版社，2013.

趙莉. 送別詩的交際功能及其模式化創作——以初盛唐爲中心

［D］. 西安：西北師範大學，2010.
趙翼. 甌北詩話［M］. 北京：人民文學出版社，1963.
鄭納新. 送別詩略論［J］. 學術論壇，1997（3）.
鍾乃元. 唐代廣西送別詩初探［J］. 廣西社會科學，2009（5）.
周勳初. 唐人軼事彙編［G］. 上海：上海古籍出版社，1995.
周祖譔. 中國文學家大辭典：唐五代卷［M］. 北京：中華書局，1992.
朱東潤. 杜甫敘論［M］. 北京：人民文學出版社，1981.
祝尚書. 盧照鄰集箋注：增訂本［M］. 上海：上海古籍出版社，2011.